발레가 내 삶도
한 뼘 키워줄까요?

발레가 내 삶도 한 뼘 키워줄까요?

초판 1쇄 발행 2019년 8월 22일

지은이 곽수혜
펴낸이 이지은   **펴낸곳** 팜파스   **책임편집** 이은규
디자인 박진희   **마케팅** 김서희   **인쇄** 범선문화인쇄

출판등록 2002년 12월 30일 제10-2536호
주소 서울시 마포구 어울마당로5길 18 팜파스빌딩 2층
대표전화 02-335-3681   **팩스** 02-335-3743
홈페이지 www.pampasbook.com | blog.naver.com/pampasbook
페이스북 www.facebook.com/pampasbook2018
인스타그램 www.instagram.com/pampasbook
이메일 pampas@pampasbook.com

값 13,000원
ISBN 979-11-7026-259-6 (03810)

ⓒ 2019, 곽수혜

• 이 책의 일부 내용을 인용하거나 발췌하려면 반드시 저작권자의 동의를 얻어야 합니다.
• 잘못된 책은 바꿔 드립니다.
• KOMCA 승인필

이 도서의 국립중앙도서관 출판예정도서목록(CIP)은 서지정보유통지원시스템 홈페이지 (http://seoji.nl.go.kr)와 국가자료공동목록시스템(http://www.nl.go.kr/kolisnet)에서 이용하실 수 있습니다.(CIP제어번호: CIP2019029384)

Small
Hobby
Good
Life
02

어른이 되어 키가 컸습니다

곽수혜 지음

발레가 내 삶도
한 뼘 키워줄까요?

팜파스

차례

PART 2

바닥에서 무대 중앙으로_발레 클래스

FLOOR WORK

BARRE WORK

CENTER WORK

PART 3

발레리나는 아니지만, 내 삶의 예술가다

PART 4

취미 발레 풍성하게 즐기는 법

PART 1

내가 과연
발레를 배울 수
있을까?

취미는
빈칸

미소가 어울리는 그녀 취미는 사랑이라 하네

만화책도 영화도 아닌 음악 감상도 아닌

사랑에 빠지게 된다면 취미가 같으면 좋겠대

난 어떤가 물었더니 미안하지만 자기 취향이 아니라 하네

주말에는 영화관을 찾지만

어딜 가든지 음악을 듣지만

조금 비싼 카메라도 있지만

그런 걸 취미라 할 수는 없을 것 같대

좋아하는 노래 속에서 맘에 드는 대사와 장면 속에서
사람과 사람 사이 흐르는 온기를 느끼는 것이
가장 소중하다면서 물을 준 화분처럼 웃어 보이네

미소가 어울리는 그녀 취미는 사랑이라 하네
얼마나 예뻐 보이는지 그냥 사람 표정인데
몇 잔의 커피값을 아껴 지구 반대편에 보내는
그 맘이 내 못난 맘에 못내 맘에 걸려
또 그만 들여다보게 돼

내가 취미로 모은 제법 값 나가는 컬렉션
그녀는 꼭 남자애들이 다투던 구슬 같대

그녀의 눈에 비친 삶은 서투른 춤을 추는 불꽃
따스함을 전하기 위해 재를 남길 뿐인데
미소가 어울리는 그녀 취미는 사랑이라 하네

- 가을방학, 〈취미는 사랑〉

독특한 감성의 인디 밴드 '가을방학'의 노래 중에 〈취미는 사랑〉이라는 노래가 있다. 영화도, 음악도, 사진도 좋아하지만 그걸 취미라 할 수는 없을 것 같다는 사랑스러운 여자에 대한 노래다. 노래 속 그녀는 커피값을 아껴 지구 반대편의 아이들을 돕는 마음 따뜻한 사람이기에 취미는 사랑이라고 고백한다. 이 노래를 들을 때마다 (그게 사랑이든 무엇이든) 당당하게 나의 취미라고 이야기할 수 있는 무언가가 있는 사람은 얼마나 멋있나 곱씹곤 했다.

나는 가사 속 그녀와는 조금 다른 이유로 영화도, 음악도 취미라 할 수 없었다. 한참 취업 준비할 때에는 이른바 자소서 (자기소개서)를 쓰면서 '지원 동기'만큼이나 골머리를 앓던 부분이 '취미'였다. 영화를 좋아하고, 책 읽는 것도 좋아하지만, 왠지 이력서에 있는 취미 칸에는 '영화 감상'과 '독서'만큼은 절대 쓰면 안 될 것 같았다. 그건 그냥 재미없는 모범 답안을 옮겨 적은 이력서 같달까? 수많은 자소서 중에서 튀어 보일 수 있는 독특하고 재미있는 취미가 필요했다. 하지만 암만 머리를 굴려 본들 정규 교육 과정을 밟으며 평범하게 살아온 나를 가려 줄 취미를 생각해낼 수 없었다. 적당히 포장할 만한 창의성이 없었던 것인지도 모르겠다. 매번 취미 칸에서 머뭇거리다 기어코 '독서'라는 모범 답안을 쓰고 말았다. 알 수 없는 패배감을 느끼며.

취업 관문을 통과한 이후로 자소서 쓰기의 압박은 사라졌지만 내게 취미는 여전히 빈칸으로 남아 있었다. 사회생활을 시작하고 일상의 대부분을 회사에서 보내고 오면 왠지 모를 헛헛한 마음이 들었다. 넘치는 시간을 주체하기 힘들었던 백수 시절과 달리, 하루 대부분을 내가 아닌 다른 누군가를 위해 소진해야 했다. 일을 통해 자아실현을 하는 사람들이 있지만, 나는 그러한 부류는 아니었다. 생존과 밥벌이를 위한 노동에서 즐거움까지 누리는 일은 사치처럼 느껴졌다. 좋아하는 일을 위해서 일상의 안온함까지 걸고 싶지 않은 콩알만 한 심장의 소시민이었다. 글을 쓰면서 자유로운 프리랜서의 삶을 살고 싶기도 했고, 더 나은 사회를 만들기 위해 노력하는 NGO에서 일하고 싶기도 했다. 하지만 동시에 따박따박 적당한 돈을 받으며, 추울 때 따뜻한 곳에서 더울 때 시원한 곳에서 편하게 일하고 싶은 게 내 솔직한 심정이었다.

그래서 더욱 빈칸으로 남아 있던 취미를 채우고 싶었던 것일지 모른다. 반복되는 일상의 굴레에서 삶의 활기를 되찾아 줄 진짜 '취미'를 찾고 싶었다.

큰맘 먹고 카메라를 하나 사서 사진 동호회를 가입하고 출사를 나가 보았다. 출사 후에 사람들과 어울려 뒤풀이하는 재미도, 그럴듯한 인생샷을 건지는 재미도 쏠쏠했다. 하지만 부산과 근교에 있는 웬만한 출사지를 다 돌고 나니 이상하게도 사진에 대한 열정이 처음 같지 않았다. 멋있는 사진을 건지기 위해서 아름다운 풍경을 눈과 마음에 깊이 담아 두는 일은 뒷전이 되었다. 인생샷을 남기지 못하면 괜히 시간을 낭비한 것만 같았다. 외출만 하면 무거운 카메라를 이고 지고 다녔던 시절은 카메라값 할부 기간과 함께 끝났다.

다음으로 꽂힌 것은 목공이었다. 조그만 소품과 액자, 작은 의자와 책상까지 만들면서 몇 개월을 오롯이 목공에 시간을 바쳤다. 몸을 움직여 무언가를 만드는 일은 꽤 성취감 있었다. 다만 목공을 하면 할수록, mm 단위까지 확인해야 하는 세심함과 원목을 자르고 두드릴 체력이 내게 턱없이 부족하다는 사실을 깨달았다. 이로 인해 어느 순간부터 목공 작업은 즐거움보다 스트레스를 주었다. 원목을 소재로 하다 보니 비용적인 측면에서도 부담이 되기 시작했다. 그렇게 또 내 취미의 한 계절이 넘어갔다. 이외에도 요가, 마라톤, 꽃꽂이에도 슬쩍 발을 들여 보았지만 대개, 결실을 보기도 전에 쉽게 열정과 관심이 사그라졌다. 일이 아닌 다른 것은 다 나름의 재미가 있었다. 다만 그 재미를 장기간 유지하는 게 어려울 뿐이었다.

발레를 떠올린 건 직장인이 되고 나서도 꽤 시간이 흐른 뒤였다. 어린 시절 '레이스'와 '디즈니 공주'라면 사족을 못 쓰던 나에게 발레는 줄곧 선망의 대상이었다. 레이스를 좋아하던 시절도, 공주를 꿈꾸던 시절도 지난 지 오래지만, '취미로 발레를 배워 보는 건 어떨까?' 하지만 연이어 드는 생각은 이런 것이었다. '어릴 때나 발레복 입고 춤추지 이 나이에 무슨 주책이람.', '이 몸으로 어떻게 발레를 하겠어.' 발레를 배워 보자는 생각은 그저 지나가는 잡생각에 불과했다.

사람은 때로는 충격을 받아야 움직일 때가 있다. 내가 그랬다. 당시 만나던 남자 친구에게 생각지도 못했던 이별 통보를 받고 열이 받았던 나는 무엇이라도 해야 했다. '감히 나를 차다니!', '헤어질 거면 내가 차야 하는데, 왜 네가 먼저!' 지질한 생각의 연속이었다. 일에서도, 사랑에서도 헛발질하는 비루한 내 모습을 감당하기 힘들었다. 나를 압도할 만한 무언가가 절실해졌다.

당장 발레 학원을 찾아 등록했다. 미친 짓일지 몰라도 발레복과 다리 찢기라면 나를 압도하기에 충분한 일이었다. 마침 전화 문의했던 날이 등록 마감일이라 전화하자마자 수업 등록을 마치고 내친김에 발레복까지 사고 말았다. 엉겁결에 일사천리로 발레 학원에 발을 들여놓았으나, 막상 발레 슈즈와 분홍빛 타이즈를 받아 들고나니 눈앞이 아득해졌다. '내가 무슨 짓을 한 거지?' 타이즈에 꾸역꾸역 다리를 밀어 넣던 그 순간까지도 미처 몰랐다. 빈칸으로 남겨 두었던 취미의 영역이 이제 '발레'로 채워지게 될 것을.

발레리나와
나 사이의 거리감?!

'내가 과연 발레를 배울 수 있을까?'

우리의 삶을 제한하는 많은 요소 중 하나는 '부끄러움'일 것이다. 어릴 때부터 한 소심했던 나는, 내려야 할 곳에서 버스가 정차하지 않고 지나쳐 버리면 기사님께 세워 달라고 소리 지르기보다는 조용히 다음 정류소에서 내리는 것을 택하는 부끄러움 많은 사람이었다.

발레를 배우기까지 가장 큰 걸림돌도 바로 '부끄러움'이었다. 딱 붙는 옷을 입고 춤을 춘다고? 어릴 때라면 몰라도 지금 내가 발레라니 그건 좀 낯 뜨겁지.

발레를 시작하려니 아무래도 거리끼는 마음은 무엇 때문일까? 일단 발레리나와 나 사이의 거리감에서부터 시작한다. 조그마한 얼굴, 길고 가느다란 팔다리, 유연하고 하늘하늘한 몸의 발레리나를 떠올리면 나와는 전혀 다른 차원의 인류 같다. 마치 발레는 '발레리나'만을 위해 존재하는 예술인 것만 같다. 커다란 얼굴, 짧은 다리, 발레리나의 체형과 대척점에 있는 나로서는 발레를 감히 넘보아서는 안 될 것 같았다.

발레에 입문하는 데 또 하나의 장벽은 레오타드(leotard)였다. 레오타드는 발레 연습을 위한 복장인데, 수영복처럼 몸에 딱 붙는 연습복이다. 타이즈 위에 레오타드를 입고, 그 위에 얇은 시폰 소재의 랩스커트를 두르는 것이 발레의 기본 복장이다. 이런 복장이라면 숨겨 두었던 내 살과 몸의 단점이 적나라하게 드러날 것은 물론, 매번 제모도 꼼꼼하게 해야 하는 번거로움이 따를 것 아닌가!

그뿐이랴. 시원시원하게 다리를 찢어 올리는 발레 동작을 보니 유연함을 완전히 상실한 내가 과연 할 수 있을지 걱정이 앞선다. 무한경쟁 사회에서 부단히 살아남기 위해 체력과 유연성 따윈 포기한 지 오래. 입시를 위해 책상 앞에서만 보낸

학창 시절과, 도서관과 면접장만을 오가며 취업 준비생 시절을 달려와 보니 십 년이 넘도록 내 몸은 방치되어 있었다. 어릴 적에는 허리를 숙이고 바닥을 향해 팔을 쭉 펴면 손바닥이 지면에 닿던 때도 있었건만, 이제는 척추측만증과 거북목 증상에 시달리는 뻣뻣하고 굳은 몸만이 남아 있을 뿐이었다.

이런 나는 절대 들어설 수 없는 그곳. 내게 '발레'의 세계는 접근할 수 없는 성역(聖域)이었다.

홧김에, 얼떨결에, 성역의 경계를 넘어 들어온 발레의 세계에 내가 적응할 수 있을까? 어색한 레오타드를 입고 최대한 몸을 가리고 싶은 마음에 잔뜩 움츠리고 클래스에 들어갔다. 새삼 다양한 사람들이 그곳에 있었다. 수업이 시작되자 다들 아무렇지 않게 동작을 따라 하기 시작했다. 발레 선생님과는 사뭇 다른 모습일지라도 모두가 자신감 있게 팔다리를 뻗었다. 레오타드를 갈아입는 잠깐의 부끄러움을 걷히고 나니 사실 별것 없었던 것이다. 아무도 내 다리가 짧다고, 유연하지 않다고, 동작을 잘 따라 하지 못한다고 뭐라 하지 않았다. 성인 발레 클래스는 발레리나들만 있는 곳이 아니었다. 타인의 몸을 평가하는 곳이 아니었다. 나와 같은 평범한 사람들이 자신 있게 거울을 바라보는 곳이었다.

사실 그 누구도 발레를 금지의 영역이라고 말하지 않았다. 지레 겁을 먹고 발레를 동경의 세계로 가두어 버린 것은 나 자신이었다. 레오타드를 펼쳐 놓고 돌아보자니 부끄러움이 뭐기에 그렇게 많은 담을 쌓았던 것일까 싶다. 비단 발레뿐일까? 나는 또 어떤 수치심을 핑계로 스스로의 한계를 만들었을까? 그렇게 발레를 성역처럼 여겼던 내가 레오타드를 입기 시작했다. 자유로움이 조금씩 스며 들어왔다.

피하지 말고 견뎌야 할
아픔도 있다

어릴 때부터 나는 헤어짐에 약했다. 이별에도 쿨하고 시크하게 돌아서고 싶지만, 헤어짐을 받아들이는 일은 어릴 때나, 지금이나 여전히 어려운 숙제다.

동물을 좋아했던 나는 동네를 돌아다니는 고양이와 개들을 집으로 데리고 오곤 했다. 열 살 무렵, 동네를 어슬렁거리며 떠도는 개 한 마리를 집으로 데려와 '뽀동이'라 이름 붙이고 일주일을 먹이고 돌보았다. 하교하자마자 뽀동이랑 놀기 위해 총알같이 집으로 달려갔던 일주일이었다. 하지만 자유로운 영혼의 뽀동이는 스트리트 라이프를 잊지 못하고, 열린 문틈으로 다시 출가하고 말았다. 내가 뽀동이를 찾아 한동안 동네 골목을 눈물 바람으로 돌아다녔던 건 우리 가족만 아는 비밀이다.

그로부터 이십 년이 넘게 지났건만 헤어짐을 인정하지 못한 어린 날의 모습은 쉽게 변하지 않았다. 세기의 사랑을 한 것도 아니요, 별 대단한 연애는 아니었지만 결국 서먹해진 관계를 끝냈던 밤, 나는 잠을 이루지 못했고 베개는 밤새 흘린 눈물로 축축해졌다. 퉁퉁 부은 눈으로 출근을 할 수 없어 오전 반차를 냈다. 사무실에서 아무렇지도 않은 표정으로 일을 하다가도, 잠잠한 마음에 한차례 광풍이 휩쓸고 지나가면 나는 화장실로 달려가 아무도 모르게 눈물을 울컥 쏟아냈다.

마음을 할퀴고 간 옛사랑을 복기하며, 왜 나는 사랑과 연애에서 실패를 반복하는가 괴로운 질문을 껴안고 발레를 하러 갔다. 사랑이 끝나면 좋았던 추억만 붙잡고, 내가 당최 무슨 실수를 저지른 것인지 현미경으로 내 언동을 추적하고 뒤져 보는 게 나의 몹쓸 습관이었다.

같은 실수를 반복하지 않기 위해 서투른 연애와 관계 속에서 미성숙했던 내 모습을 반성하는 것은 언젠가 찾아올 다음의 연애를 위해서라도 분명 중요한 일일 테다. 하지만 관계라는 것이 한 사람만의 잘못으로 끝나는 것이 아님에도 나는 마치 헤어짐의 원인을 홀로 짊어지고 죄인처럼 굴었다. 그것은 스스로를 깊은 감정의 수렁으로 몰아넣는 무서운 형벌이었다.

이별을 여러 번 경험했지만 여전히 내 마음은 누군가로부터 거절 받았다는 사실을 받아들이기 쉽지 않다. 나이를 먹어도 왜 헤어짐 앞에선 늘 고통스러운 걸까? 몇 번의 헤어짐을 반복해야 이 지난한 아픔의 과정을 무던히 견뎌낼 수 있을까?

구원의 동아줄을 붙잡는 심정으로 찾은 것이 발레였다. 이렇게라도 해서 스스로에게 내린 형벌에서 벗어나고 싶었다. 잊어야 한다. 잊고 싶다. '코끼리를 생각하지 말자'라고 생각하면 계속 코끼리를 떠올리게 되는 것처럼, 그 사람을 잊자고 생각하면 더 생각이 났다. 떠나간 그가 그리운 게 아니라, 좋았던 우리가 그리웠다. 사랑받던 날의 생기가 그리웠다.

헤어짐은 실패라고만 볼 수 없다. 헤어짐 끝엔 또 다른 만남이 시작되니까. 어떻게 보면 삶은 죽음의 시작이고, 만남은 헤어짐의 시작이니 만남과 헤어짐은 동전의 양면과도 같은 것 아닌가. 만남을 뒤집어엎으면 헤어짐이 있는 것이다. 동전의 앞면, 뒷면을 분리할 수 없듯이 이 아픔의 과정을 피하지 말고 굳건하게 견뎌낼 필요가 있었다. 그런 심정으로 나는 발레에 몸과 마음을 맡겼다.

　발레를 마치고 집으로 돌아가는 길, 혹시나 헤어진 연인에게서 후회 어린 연락이 오지는 않았을까 습관적으로 핸드폰을 확인해 보던 내가 어느 날은 메신저 대신 메모장을 열고 그날 수업의 내용을 생각나는 대로 적고 있었다. 무거운 형벌의 끝이 보였다.

　스스로를 가두었던 마음의 감옥, 그 빗장이 어느 틈에 스르르 열리고 있는 걸까. 나는 그곳에서 걸어 나와 발레 슈즈를 신고 있었다.

취미 발레로 이끌어 준
'만남'들

이별의 힘으로(?!) 발레 학원 등록을 마쳤지만 덜컥 겁이 났다. 사실 발레를 배우려고 마음먹은 게 처음은 아니었다. 몇 년 전 발레 학원을 등록했다가 학원 선생님이 가르치기를 포기한 경험이 있었다.

발레를 배우고 싶다는 생각을 하게 된 것은 아날로그 감성이 충만하던 90년대로 거슬러 올라간다. 다섯 살, 여섯 살 때쯤 TV에서 우연히 〈백조의 호수〉 공연의 한 장면을 보게 되었다. 어린 내 눈에 백조가 날개를 파르르 움직이듯 춤추는 발레리나의 모습에 그야말로 뿅 가 버린 것이다.

"엄마 저 사람은 누구야?"

하얀 튀튀(tutu; 발레용 스커트)를 입고 무대 위를 고고하게 미끄러지듯 움직이는 발레리나를 보며 물었다.

"응, 저 하얀 옷 입고 춤추는 사람이 공주인데, 저주에 걸려서 백조가 되어 버렸대."

엄마는 여섯 살의 눈높이에 맞추어 충실히 〈백조의 호수〉 줄거리를 이야기해 주었다. 당시의 나는 이 〈백조의 호수〉를 실제를 바탕으로 한 실화로 이해했다. 그 때문에 TV 속 발레리나가 정말 저주에 걸린 공주라 믿고 충격을 받았다. 백조가 되어 버린 공주라니. 슬픔에 젖어 움직이는 오데뜨(Odette; 백조의 호수 주인공)의 폴 드 브라(port de bra; 발레에서 팔의 움직임)에서 느껴지는 가엾고도 처연한 아름다움은 판타지와 현실을 구분하지 못하는 어린 나에게 벅찬 감동이었다. 그날의 파장이 꽤 오랫동안 내 마음에 자리 잡았고, 오데뜨가 실존 인물이 아니라는 사실을 분명히 알게 된 이후에도 발레에 대한 열정적인 동경심은 사라지지 않았다.

그렇게 배우고 싶었던 발레가 다시 생각난 것은 대학생 무렵이었다. 당시 부산에는 성인 발레반이 드물었고, 더군다

나 경제력 없는 학생이 취미로 발레를 배우기가 쉽지 않았다. 그러던 중 나와 같이 덩달아 발레에 흥미를 느꼈던 대학 동기 은하가 행동을 개시했다. 은하네 동네 발레 학원에서 합리적인 가격으로 우리 둘만을 위해 반을 개설해 주겠다고 한 것이다. 주로 아이들을 대상으로 가르치던 동네 학원이었다. 아이들이 귀가하고 텅 빈 어두운 홀에 친구와 쭈뼛거리며 들어섰다. 취미 발레에 대한 개념도, 배경지식도 없었던 우리는 몸선이 전혀 드러나지 않는 헐렁한 트레이닝복과 미끄러운 양말을 신은 채 수업에 참여했다.

자세한 수업 내용은 기억나지 않는다. 다만 괴로운 스트레칭을 마치고 나면, 점프나 턴과 같은 동작을 배웠던 듯싶다. 현재 다니고 있는 학원에서는 몸의 유연성과 근력이 갖추어지기 전까지 발레 동작을 쉽게 접할 수 없다. 이와 달리 동네 학원에서는 어설프게 제떼(jete)도 뛰어 보고 턴도 연습했던 기억이 난다.

선생님의 가르침을 스펀지처럼 흡수하는 어린이, 학생들만 가르치다가 모든 지시를 온몸으로 팅겨내는 두 성인을 가르치는 건 버거우셨던걸까. 선생님은 두 달이 채 끝나기도 전에 우리 둘을 포기하고 말았다. 그렇게 성인 발레 클래스는 폐

강되었고, 내 인생 취미 발레의 1막도 끝이 났다.

수년 뒤 직장인이 되어 등록한 발레 학원은 성인들을 전문으로 가르치는 곳이었다. 클래스에 들어서니 트레이닝복을 입고 있는 사람은 아무도 없었고, 생각보다 많은 사람이 수업을 듣고 있었다. 최대한 구석에 자리를 잡은 나는 다소 안도할 수 있었다. 선생님은 성인의 몸을 이해하고 다그치거나 무리하지 않는 범위에서 열정적으로 가르치는 분이었다.

인생의 주요한 변곡점에는 대개 '만남'이 있다. 좋은 책을 만나는 것, 좋은 취미를 만나는 것, 인생의 반려자를 만나는 것, 존경하는 선생님을 만나는 것, 따스한 정을 나눌 수 있는 친구를 만나는 것 등 좋은 만남은 우리 인생에 한 획을 긋는 중요한 일이다.

내 인생에서 발레에 관심을 두게 된 계기, 발레 배우기를 포기하게 된 계기, 그리고 다시 발레를 취미로 삼게 된 계기의 앞머리에도 모두 '만남'이 있다. 유년 시절 TV 속 오데뜨 공주를 만나면서 발레에 관심을 두게 되었고, 대학생 시절 성인을 가르치기에 버거워 하던 발레 선생님으로 인해 발레를 포기했다. 그러다 연인과 헤어지면서 발레를 해야겠다는 마음을 다시 갖게 되었고, 지금의 발레 선생님을 만나 현재까지 취미 발레를 즐기고 있다.

앞으로 또 어떤 만남이 있을까? 그 만남이 내 삶을 어떻게 변화시킬까? 지금까지는 내 인생에 발레를 초청하기 위한 만남이었다면, 이제부터는 발레가 내 삶에 가져올 만남은 어떨지 궁금해진다.

말이 아닌 몸으로
표현하는 사람

"음, 내가 볼 때는 넌 좀 벽을 치는 경향이 있어. 네 이야기를 잘 안 하잖아."

어떤 맥락에서 나온 말인지는 뚜렷이 기억나지 않지만, 친구 한 명이 내게 한 말은 오래도록 마음에 맴돌았다. 그랬나, 생각해 보면 나는 나를 잘 표현하는 성격은 아니다. 하지만 관계에 벽을 쌓으려는 의도는 전혀 없었다. 다만 말주변이 없을 뿐이다.

왠지 억울하긴 하지만, 사교적이고 활발한 사람이 사랑받는 사회에서 자신의 이야기를 잘 하지 않는 것은 치명적인 단점이 될 수 있다. 말수가 없긴 해도 입에 철창 치고 사는 것은 아닌데, 아무래도 나라는 인간은 입보다는 귀가 발달했음이 틀림없다. 내 이야기를 하는 것보다는 다른 사람의 이야기를 듣는 것이 훨씬 편하니까. 그렇다. 요즘과 같은 자기 PR 시대에서 살아남기 어려운 인간이다.

이런 내게 회사 생활 중 제일 고역인 것은, 돌아가며 건배사를 외쳐야 하는 회식 자리다. 우리 회사는 상급자부터 신입 사원까지 한 사람도 빠짐없이 건배사를 제안해야 공식적으로 회식 순서가 마무리된다. 회사 선배들은 어쩜 저렇게 유머러스하면서도 시의적절하고 회식 주제에도 걸맞은 센스 있는 건배사를 즉석에서 줄줄 읊는단 말인가! 내 차례가 오기까지 머리를 굴리느라 음식이 입으로 들어가는지, 코로 들어가는지 모르겠다. 결국 재미도, 감동도 없는 '위하여!'로 대충 건배사를 마무리하고 나서야 음식 맛이 느껴진다.

나도 재밌게 말하는 사람이 되고 싶다. 감정과 생각, 표현을 스스럼없이 센스 있게 말할 수 있으면 얼마나 멋있을까. 스티브 잡스처럼 청중을 휘어잡는 카리스마와 화려한 언변 능력으로 타인을 설득할 수 있다면 회사에서도 꽤 인정받을 텐데!

날이 갈수록 치열해지는 경쟁 사회에서 소위 '말발'이 부족하다면 시대에 뒤처지는 낙오자일까? 그렇다면 나는 낙오 대열 중에서도 끄트머리에 서 있어야 할 것이다. 글쎄, 어찌 되었든 내가 가지지 못한 것을 끊임없이 부러워하기만 하는 것은 어리석은 일이니, 부정적인 생각은 일단 접어 두고 발레 클래스로 들어간다.

2018 부산비엔날레에서 영국 아티스트 필 콜린스(Phill Collins)의 〈딜리트 비치〉(Delete Beach, 2016)는 독특한 방식으로, 전시를 찾는 이들의 시선을 사로잡았다. 전시 공간에 나뒹구는 기름통과 폐타이어, 버려진 고무 조각과 오물 웅덩이 등으로 새까만 모래사장을 연출하고 그 뒤로 어두운 인류의 미래를 상징하는 영상물을 설치해, 현대인의 삶과 무너져 가는 생태계를 돌아보게 했다. 여느 작품 중에서 유독 이 작품이 기억에 남는 이유는 바로 '냄새' 때문이다. 이 작품이 설치된 공간에 들어서면 코를 막게 하는 악취가 풍기는데, 인간의 탐욕이 만들어 낸 폐기물이 어떻게 환경을 파괴하는지를 보여 주는 데 이보다 강력한 매체는 없을 것 같다. 악취야말로 작가가 의도한 작품의 메신저인 것이다.

냄새 또한 미술 작품이 될 수 있고, 후각으로도 강력한 메시지를 전달할 수 있다면, 언어 이외에도 나를 표현하고 타인과 소통하는 방법도 다양할 수 있지 않을까?

무용수는 말이 아니라 몸으로 이야기한다. 발레를 보고 있으면 때론 말보다 몸이 더 정확하다는 생각이 든다. 무용수가 무대를 위해 보냈을 시간과 노력은 정확하게 몸으로 드러난다. 그들은 오해를 불러일으키는 과장된 표현이나 거짓 없이, 그들이 할 수 있는 역량대로 관객들에게 이야기를 전달한다. 그게 때로는 말보다 더 진한 감동을 안겨 준다.

발레를 배우면서 말을 잘하지 못하더라도 나를 표현할 방법은 여러 가지라는 생각이 들었다. 발레를 하는 시간만큼은 몸으로, 눈빛으로, 미소로 나를 표현하는 연습을 해 본다. 그동안 쉽사리 꺼내지 못했던 마음, 내면에 가두어 두었던 감정을 손끝에 담고 발끝으로 펼쳐 본다. 그렇게 발레 안에서 뜻밖의 안도감을 찾고 있다. 말을 잘하지 못하면 어떠한가. 중요한건 나도 표현할 줄 아는 사람이라는 사실이다.

거울 속 나와
인사하는 시간

발레를 배우기 이전, 몸 선이 적나라하게 드러나는 나의 신체를 전신 거울로 들여다보는 일이 일상에서 몇 번이나 있었을까? 대중목욕탕에서조차 내 몸을 마주하고 싶지 않아 전신 거울을 똑바로 보지 못하고 흘기는 눈으로 후루룩 훑어보곤 했다. 그랬던 내가 삼면이 거울로 둘러싸인, 숨을 곳 하나 없는 연습실에서 이런 민망한 복장으로 서 있어야 한다니.

발레 클래스의 기본 복장은 마치 원피스 수영복처럼 생긴 '레오타드'라는 연습복과 '타이즈(tights)', 그리고 '발레 슈즈

(ballet shoes)'다. 여기에서 사람마다 워머(warmer)를 껴입거나, 랩스커트(wrap skirt)를 두르기도 한다. 사실 발레를 시작하고 나서 이런 차림의 내 모습에 적응하기까지 약간의 시간이 필요했다.

다소 민망한 차림새지만 이는 발레의 동작을 정확하게 배우기 위해서다. 상의 속옷을 탈의하고 몸에 착 붙는 레오타드와 타이즈를 입고 있으면 지금 내 몸의 어떤 근육에 힘이 들어가고 있는지, 몸의 수평과 수직이 바르게 정렬되어 있는지 쉽게 확인할 수 있다. 또한, 갈비뼈 밑으로 단단하게 묶은 스커트는 횡격막을 조아 갈비뼈를 수축시켜 상체가 풀업(pull up) 상태를 유지할 수 있도록 도와준다. 워머는 체온을 따뜻하게 유지해, 근육의 이완과 강화를 반복하는 강도 높은 훈련 속에서 신체 부상을 방지해 주는 역할을 한다.

한 가지 안심해도 좋을 것은 대부분의 사람이 생각보다 타인에게 큰 관심을 두지 않는다는 점이다. 거울 속 내 모습은 나만 민망할 뿐, 다른 사람의 몸을 볼 겨를이 없다. 특히나 발레 수업은 훈련 강도가 높기 때문에, 남들의 몸을 평가하고 있을 만큼의 여유를 주지 않는다.

그런데도 발레 복장을 하고서 전신 거울 앞에 서 있는 내 모습을 보면 가끔은 우스꽝스럽다는 생각이 든다. 더군다나 선생님의 우아하고 아름다운 동작에 비해, 근력과 유연성이 부족한 내가 엉거주춤 이상한 모습으로 동작을 따라 하고 있을 때면 거울 속 나를 외면하고 싶은 마음이 불쑥 올라오는 것이다. 하지만 내 몸에서 마음에 들지 않는 점에 집착하고, 내 몸을 사회적 기준에서 한참 모자라는 것으로 여기는 것도 어딘가 이상한 일이다.

그 때문에 어른이 되어 배우는 발레의 첫걸음은, 나 자신을 있는 그대로 받아들이는 것에서 시작해야 할지 모른다. '내 몸은 이렇게 생겼구나.', '나는 이쪽 근육이 약하네.', '어깨 관절이 굳어 있구나', '왼쪽 발보다 오른쪽 발로 균형을 잡는 게 더 힘들다.' 거울 속 내 모습을 민망해하거나 부끄러워하는 게 아니라, 지금의 내 모습을 비약과 과장 없이 수용해야 앞으로 어떤 부분을 발전시켜야 할지 길이 보이기 시작한다.

어딘지 모르게 어색한 내 몸을 바라보는 게 조금 익숙해지면, 이제는 딱딱하게 굳어 있는 얼굴이 보인다. 내가 본 발레리나들의 얼굴은 이렇게 무섭지 않았는데! 발레 동작을 하는 데 에너지 소모가 엄청나기에 표정 관리가 쉽지 않지만, 다른 근육도 아니고 입술 양 끝을 올리는 게 이토록 무겁고 힘들

줄 몰랐다. 게다가 어째서인지 거울 속 나를 보며 미소를 짓는 게 어렵게만 느껴진다. 어색한 상황을 모면하기 위해 다른 사람들에게는 가식적인 미소를 잘도 남발하였건만, 왜 스스로에게 미소 짓는 건 이다지도 어렵단 말인가. 돌아보니 나 스스로에게는 미소를 구두쇠처럼 아꼈구나 싶다.

　이런 깨달음 뒤부터는 발레복을 입고 있는 거울 속 나에게 마음속으로 인사를 건넨다.

　'안녕, 오늘도 열심히 해 보자!'

　발레를 시작하며 다른 무엇보다 나를 있는 그대로 받아들이고, 나를 보며 웃고, 사랑하는 연습을 시작한 셈이다.

거울 속 내 모습을
민망해하거나 부끄러워하는 게 아니라,
지금의 내 모습을 비약과 과장 없이 수용해야
앞으로 어떤 부분을 발전시켜야 할지
길이 보이기 시작한다.

발레는 운동일까,
예술일까?

"요즘 퇴근 왜 그렇게 서두르노?"

"아… 운동하러 가려고요."

직장 상사의 질문에 머뭇거리며 발레복이 들어 있는 가방을 꼭 여몄다. 발레 하러 간다는 말이 왜 이렇게 하기 어려운지, 취미 발레를 시작하고 나서 몇 달간은 지인들에게 발레를 하고 있다는 말을 쉽사리 하지 못했다. 퇴근 이후 발레 수업 시간에 맞춰 서둘러 나가다가 누가 어디 가냐 물어 보면 대충 운동하러 간다고 얼버무리곤 했다. 발레를 하고 있다고 말하기에는 왠지 내 몸이 부끄러웠고, 누군가에게 내가 발레를 하고 있는 상상의 여지를 주고 싶지 않았다. 시시콜콜 발레를 하게 된 이유와 성인도 발레를 할 수 있다고 설명하기도 귀찮았다. 발레 클래스로 진입하는 부끄러움은 깨졌을지 몰라도 아직은 대범하게 발레를 한다고 말하기 부끄러워하니, 나도 아직 한참 멀었다. 발레 학원으로 향하는 버스 안에서 내심 생각했다. 그래도 틀린 말은 아니지. 발레를 하면서 얼마나 땀을 많이 흘리는데. 그러고 보니 취미 발레는 운동일까, 예술일까?

엄밀히 따지면 발레는 스포츠라 할 수 없다. 우리가 올림픽이나 체육 대회에서 발레 종목을 찾을 수 없는 것은 발레가 지닌 예술성 때문일 것이다. 발레는 동작과 기술을 누가 더 잘하냐 겨루는 종목이 아니라, 하나의 서사를 이끌어 가며 인간의 감정을 극적으로 표현하고 관객들에게 감동을 선사하는 무대 예술이다.

그런데도 발레를 운동이라고 해도 어색하지 않은 것은, 발레의 다양한 동작이 마치 스포츠의 기술처럼 근육을 정교하고도 섬세하게 쓰기 때문이다. 나와 같은 평범한 성인이 발레를 배우기 위해서는 예술적 감각 이전에 죽어 있는 것이나 다름없었던 몸의 근육부터 깨워야 한다. 그 때문에 취미 발레 초기에는 발레가 예술보다 운동에 가깝게 느껴진다.

　스트레칭에 이어 수업 시간의 절반 이상을 코어(core) 및 각종 근육 강화를 위한 동작에 할애하니 아무래도 스포츠처럼 느껴지는 것이 당연할지도 모르겠다. 실제로 발레를 3개월 정도 하고 나면 운동이 주는 효과가 서서히 몸으로 드러난다. 허리 통증이 조금씩 사라지고, 몸이 반듯해진다. 말려 있던 어깨가 펴지고, 툭 빠져나와 있던 목이 제자리를 찾아가기 시작한다. 실제로 다 큰 성인의 키가 커지는 경우도 있다.

　하지만 운동이 주는 건강상의 효과가 있다 하더라도 발레는 분명 예술에 속한다. 운동과는 거리가 꽤 있던 내가 발레에 재미를 붙일 수 있었던 것은, 발레에서 느낄 수 있는 예술적 감성 때문이었다. 내 몸 안에서 조형미를 발견하고 그것을 발전시켜 가는 것은 꽤 생경하고도 짜릿한 경험이다. 몸 선에 감정을 담는 것. 아름다운 선율과 리듬에 따라 몸을 움직이고, 마음을 움직이는 것. 이건 스포츠에서는 찾기 어려운 예술의 영역이다.

　무엇보다 발레 수업에서는 예술적 창조 행위가 이루어진다. 창조의 주체이자 객체는 나 자신이 된다. 내 몸이 조각이 되고, 캔버스가 되고, 마이크가 되고, 악기가 된다. 즉, 내 몸이 예술의 일부가 되는 경험을 하게 되는 것이다.

미국의 전설적인 무용수 이사도라 덩컨(Isadora Duncan)은 저서 《이사도라 덩컨의 무용에세이》(범우사, 2015)에서 무용과 조각을 비교했다. '무용과 조각은 가장 밀접하게 이어진 두 개의 예술이다. 이 두 가지 예술의 근원은 자연이다. 조각가와 무용가는 모두가 자연 속에서 가장 아름다운 형태와 그 형태의 정신을 필연적으로 표현하는 동작을 찾아내야 한다.' 조각가가 원석을 깨뜨리고 두드리며 미(美)를 발견하고 구현하듯이, 춤을 추는 사람은 몸을 통해 아름다움을 표현하는 것이다.

발레는 운동도 되고, 예술도 될 수 있다. 운동으로써의 기능적 효과와 예술로써 누리는 정신적 즐거움, 무엇이 더 큰지는 모르겠다. 확실한 것은 취미로 하는 발레는 운동과 예술의 경계를 넘나들며 몸과 마음에 활력을 더한다는 것이다.

그나저나 이제는 누군가 퇴근하는 길에 어디 가냐고 물으면, 당당히 이야기한다.

"오늘은 발레 하러 갑니다."

새로운 꿈,
발레 하는 할머니

    물건에도 이토록 쉽게 정이 붙는다. 미니멀리스트보다는 맥시멀리스트에 가까운 나는 좀처럼 물건을 쉽게 버리지 못한다. 그런 나조차 '이건 아니다' 싶을 정도로 이런저런 잡동사니가 내 공간을 침범하기 시작하자 오랜만에 정리를 시작했다. 긴 시간 자리만 차지하고 있던 옷가지들을 정리하다 보니, 예전에는 나이 들어 보인다며 사지 않았던 블라우스며, 정장 바지가 어느새 옷장의 많은 부분을 차지하고 있는 것을 본다.

    "서른이 되니 뭘 입어야 할지 모르겠어요."

스물아홉 살의 이효리가 한 리얼리티 프로그램에서 가요계 선배인 엄정화에게 푸념하듯 이야기한다. 스물아홉이라 나이가 너무 많다고, 이제 옷도 마음대로 입지 못할 것 같다는 당시의 그녀 모습을 떠올리니 왠지 생경하다. 스물아홉, 서른이 결코 많은 나이가 아님에도, 연령에 대해 그간 우리가 얼마나 냉혹하고 촘촘한 잣대를 들이밀고 있었나 생각하게 되었다.

그 말이 내게 와닿았던 것은 나도 같은 고민을 하고 있기 때문이다. 왠지 삼십 대가 되고 나니 이십 대 때 입었던 옷들은 이제 어울리지 않는 것 같고, 좀 더 어른스럽게, 좀 더 있어 보이게 입어야 하는 게 아닌가 하는 고민이 시작된 것이다.

버릴 옷을 구분해서 방 한구석으로 밀어내다 말고 생각했다. 나이에 맞는 옷이라는 게 있는 걸까? 나이에 맞는 옷, 나이에 맞는 행동, 나이에 맞는 삶은 누가 정한 것일까?

직업, 사회적 지위, 재산, 애인, 반려자, 자녀 등 나이에 맞는 무언가를 갖추지 못하는 사람을 왜 인생의 패배자처럼 보는 것인지, 나는 늘 그것이 불만이었다. 그러면서도 누군가의 입방아에 오르거나 싫은 소리를 듣고 싶지 않아 얌전하게 암묵적인 사회의 규칙에 동참하고 있었다. 하지만 나이에 따른 삶의 모범 답안이 존재한다는 것, 그것이 인생의 성공 여부나 할머니가 되어서도 발레를 할 수 있을까?
내가 하고 싶은 일을 하는 것에 있어
연령이 걸림돌이 될 수 있나?

정상, 비정상을 결정짓는 기준이 되는 것은 곱씹을수록 폭력적이라는 생각이 든다.

나는 우리 사회에서 제시하는 타임라인을 성실하게 따른 편이다. 제때 학교 들어가고, 제때 졸업했으며, 이르지도 늦지도 않은 때에 회사 생활을 시작했다. 하지만 '평범한 삶'의 레일은 끝이 없다. 결혼, 내 집 마련, 자녀 입시, 노후 준비 등 미션을 제때 마치지 않는 한 그 누구도 승자로 인정받기 어려운 게임이다.

'다 때에 맞게 하는 것이 좋다.', '뭐든지 적당히 해야 하는 시기가 있는 것이다.' 여러 가지 변주를 통해 다양하게 들려오는 사회적 압박과 잔소리에 괜히 반항심이 생긴다. 보이지 않는 러닝머신에서 탈주하고 싶다. 정말 우리 인생사에 '정해진 때'라는 것이 있을까? 좋은 삶에 대해서는 저마다 다른 주관적 기준이 있는 것이겠지만, 나는 적당한 때에 인생의 과업을 성취하는 것이 좋은 삶이라고 정의하고 싶지 않다. 내가 생각하는 행복한 삶은 주체적으로 내 삶을 결정하고 이끌어 가는 것이다. 누군가에 떠밀려, 생각 없이, 성찰 없이 살아지는 대로 살고 싶지 않다.

뒤늦게 발레를 배우기 시작한 나로서는 '제 나이에 맞는 삶'이라는 말이 조금 섬뜩하게 느껴진다. 발레는 어린 나이에 시작하지 않으면 유연성을 기르기도 어렵고, 동작에 필요한 근육을 쉽게 만들 수 없다. 하지만 그렇다고 해서 성인이 발레를 배울 수 없다는 말은 아니다. 어린 나이에 배우는 것에 비해 조금 더 힘들 수 있지만, 어른이 되어서 배우는 발레에는 독특한 즐거움이 충만하기 때문이다. 발레를 하는 동안 내 몸을 다시 살펴볼 수 있고, 세상살이에 지친 몸과 마음에 활력을 불어넣을 수 있고, 발레를 통해 삶과 마음을 돌아볼 수 있다.

성인을 대상으로 하는 취미 발레 클래스에 들어오면 생각보다 다양한 사람들이 있다. 내가 다니는 클래스에는 풋풋한 대학생뿐만 아니라 교사, 전업주부, 의사, 회사원 등 다양한 직업의 사람들이 있다. 여자만 있는 것도 아니다. 직업에서 느껴지듯 연령대도 다양하다. 취미 발레의 세계에는 나이도, 직업도 한계가 없다. 클래스에 들어서면 모두 똑같이 레오타드를 입고 함께 발레를 배울 뿐이다.

할머니가 되어서도 발레를 할 수 있을까? 발레를 하기에 적당한 나이가 있을까? 내가 하고 싶은 일은 하는 것에 있어 '연령'이 걸림돌이 될 수 있나?

소박한 꿈을 하나 말해 보자면, 나이가 들어서도 부끄럽지 않게 레오타드를 입고 당당하게 춤을 추는 것이다. 발레리나의 꿈을 접은 지는 오래되었지만, 발레 하는 할머니라니 이 꿈은 꽤 고상하고 멋있을뿐더러 상당히 현실감 있는 꿈인 것 같다.

유럽이나 미국, 가까운 일본만 해도 나이에 상관없이 발레를 즐기는 사람들이 많다. 세계 유명 발레단의 클래스 마스터도 대부분 은발의 머리를 휘날리는 나이 지긋한 분들이 많다. 그들의 움직임을 보면 세월의 흐름 속에서도 자신만의 루틴을 올곧게 지켜온, 당당하면서도 곧은 심지가 보인다.

나이를 먹고 몸은 점차 유연성과 근력을 잃어 갈지라도, 내 삶을 채워 가려는 노력과 나를 사랑하는 마음만은 잃지 않고 싶다. 사실 그 마음 하나라면 나이를 먹어서도 발레 하는 일이 큰 어려움은 되지 않을 것 같다.

당혹감을 바탕으로
성취감을 얻으면
인생은 초연해진다

발레 수업을 들으러 가는 길, 버스에 올랐다. 앞자리에 할머니와 손녀가 함께 앉아 창밖을 내다보고 있었다. 다섯 살이채 안 되어 보이는 손녀딸이 길가의 한 종합 병원을 발견하곤박수를 치며 소리쳤다.

"우와, 병원이다!"

마치 유니콘이라도 발견한 것처럼 반짝이는 눈망울이라니! 볼이 통통한 여자아이는 병원을 보며 박수를 쳤지만, 나는창문에 얼굴을 바짝 붙여 세상을 꼭꼭 눌러 담는 그 눈망울이

놀라웠다. 새삼 병원이 저토록 경이로운 곳이었던가 싶으면서도, 내게도 일상의 모든 것들이 새롭고 신기했던 시절이 삶한 귀퉁이에 존재했었다고 외치고 싶어진다. 어린아이의 천진난만함과 순수함은, 우리가 평범하고 지루하다 여기는 것들을 새롭게 보는 데서 오는 것일까? 일상에서 놀라움을 발견하는 마법 같은 순간이 어디로 가 버린 걸까?

어쩌면 나이를 먹는다는 말의 동의어는 '무뎌진다'일지도 모른다. 날 선 감각이 사라지고, 모든 것이 당연하게 느껴지는 순간이 늘어간다면 늙어 가고 있다는 징표가 아닐까. 결코 많은 나이가 아님에도 반복되는 회사 생활과 팍팍한 사회생활을 견디다 보면 일상에 무뎌진 내 모습을 발견한다. 호기심을 잃은 눈빛과 재미없는 어른이 되는 것 같아 나 자신에게 실망감을 느끼는 순간들이 이어지게 되면 삶의 색채를 잃어버린 것만 같다.

물리적인 나이를 뛰어넘어 정신적으로도 유연하고 젊은 사고를 유지하려면 늘 새로운 세계에 나를 노출하고 세상을 낯설게 바라보는 자세가 필요하다. 발레는 이런 나의 일상에 작은 탈출구가 되어준다. 어렸을 때부터 매일 몇 시간씩 훈련해야 다듬어지는 엄격한 장르의 예술인 발레를, 성장이 멈추고 노화가 시작되는 나이에 배운다는 것은 무모한 도전에 가깝다. 무모한 도전은 많은 사람 앞에서 바보가 될 위험을 감수해야 한다는 의미다. 하지만 그런 위험이 오히려 무뎌진 일상을 깨우는 자극이 된다. 그 때문에 어른이 되어 배우는 발레는 내게 육체적, 정신적인 젊음을 유지해 주는 고마운 시간이다.

발레 클래스에서는 센터를 가로지르며 음악에 맞춰 뛰는 동작을 배운다. 팔과 다리가 함께 움직여야 하고, 리듬에 따라 스텝을 밟으며 뛰는 일이 좀처럼 쉽지 않다. 엉뚱한 근육에 힘이 잔뜩 들어갈 뿐더러, 발레리나의 우아한 자세가 아닌 탈춤과 고릴라 춤 사이의 애매한 모습을 타인 앞에서 무방비로 보여야 하는 당혹감이란 겪어 보지 않은 이들은 모른다. 무엇보다 거울에 적나라하게 드러나는 내 모습을 마주하는 게 부끄럽다.

입시 위주의 교육을 받으며 배움이라는 것은 머릿속에 지식을 넣는 행위라고 생각했다. 그래서일까, 발레 학원에 다니기 시작하면서 몸을 움직이는 법을 배우는 게 어찌나 어색한지. 내 마음대로 움직일 수 있다고 생각한 팔다리가 제어되지 않는 당황스러움을 어른이 되어 발레를 배운 사람들이라면 충분히 공감할 것이다.

　뭐든지 능숙해야 할 것 같은 어른은 배움 앞에서 작아진다. 잘 모르는 것을 드러내야 하는 부끄러움과 타인으로부터 평가 받을지도 모른다는 두려움 때문인지 모르겠다. 하지만 발레를 배우는 동안 잠시 부끄러움을 내려놓고 몸 선이 다 드러나는 복장으로 폴짝폴짝 뛰는 연습을 하다 보면, 시간을 거슬러 올라가 팔다리를 거리낌 없이 자유롭게 움직이던 어릴 때로 돌아가는 기분이 든다. 원초적으로 표현하고 움직이던 때로.

　배운다는 것은 경험의 외연이 확장됨과 동시에, 자신의 내면을 더 깊게 탐구하게 되는 데에 의미가 있다. 특히 뒤늦게 무언가를 배우게 되면 절로 겸손해진다. 나의 몸뚱이로는 불가능해 보이는 동작을 배우는 순간마다, 내 인생을 스스로 제어할 수 있을 것 같던 오만함을 단숨에 꺾게 된다. 내 몸 하나 스스로 통제할 수 없는데, 인생사를 어떻게 내 마음대로 움직일 수 있을까.

　발레를 배우면서 타인 앞에서 바보 같은 몸동작으로 몸개그를 펼쳐야 하는 당혹감, 땀을 뚝뚝 흘리며 느끼는 성취감, 나아가 인생을 겸허하게 받아들이게 되는 초연함까지 다양한 감정을 경험하고 있다.

배움에는 대가가 따른다. 하지만 대가를 치르면서 얻게 되는 즐거움도 분명하다. 이 즐거움을 맛본 사람들은 발레를 쉽게 그만두기 힘들 것이다.

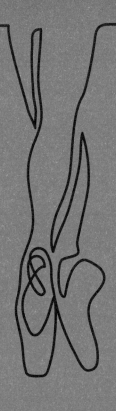

PART 2

바닥에서
무대 중앙으로

발레 클래스

#

FLOOR WORK

몸과 마음을 펴는 시간

본격적으로 발레 동작을 익히기 전,
발레에 필요한 각 근육을 강화하고
신체의 유연성이 증진하도록 훈련한다.

어떻게 살아왔기에
이토록 굳어 버린 걸까?

스트레칭

오랜만에 받은 손편지였다. 대학을 갓 졸업하고 두 달간 인턴으로 우리 사무실에서 일하던 J가 더 큰 회사로 옮기게 되었다. 사회 초년생의 총기 어린 눈빛과 바지런한 태도, 무엇보다 따뜻함이 느껴지는 미소에 정이 가는 친구였다. 아니나 다를까 마지막 근무일에 J는 사무실 사람들 모두에게 초콜릿과 함께 정성 어린 손편지를 건넸다.

짧았던 만남에 대한 아쉬움과 감사한 마음을 담은 작은 편지에 J는 '대리님처럼 일도 잘하고, 여가도 알차게 즐기며 살고 싶어요. 저도 그런 멋진 어른이 되었을 때, 다시 만나고 싶어요.'라는 말로 편지의 끝을 마무리했다. 가슴 한쪽이 뭉클해지면서 묵직해져 온다. 멋진 어른이라니, 내가 이런 이야기를 들어도 되는 걸까? 어른이라는 말이, 그것도 '멋진 어른'이라는 말이 꽤 무겁게 느껴졌다.

나이로 보면 부인할 수 없이 '어른'임은 확실하다. 한번씩 나를 경악하게 만드는 잔주름을 발견할 때 외에도 나 스스로 더 이상 소녀가 아니구나 생각하게 되는 일상의 순간들이 제법 있다. 시사 뉴스 프로그램을 들으며 출근할 때. 씁쓸한 아메리카노가 간절해질 때. 비와 느릿느릿한 음악을 즐기고 있을 때. 구두를 신고 출근할 때. 편의점에서 당당하게 캔 맥주를 계산할 때. 웃으면서 신분증을 내밀 때. 19금 딱지가 붙은 영화를 당당하게 볼 수 있을 때.

이런 일상의 장면 외에도 내가 나이를 먹었음을 절실히 깨닫는 시간은 바로 발레 수업 중 스트레칭을 할 때다.

발레 클래스가 시작되면 가벼운 스트레칭부터 시작한다. 몸의 근육 하나하나를 느끼며 이완과 수축을 반복한다. 처음 발레를 시작했을 때 스트레칭이 주는 짜릿한 고통은, 말초 신경까지 자극하는 그야말로 눈이 번쩍 뜨이는 경험이었다. 게

다가 고통의 여운은 은은한 자취를 남겨 다음날 사지를 움직일 때마다 나도 모르게 비명이 나올 지경이었다.

어릴 때는 반에서 꽤 유연한 편이었다. 체육 시간이면 반 친구들의 시선에 우쭐해 하며 스트레칭을 하던 나였다. 그런데 그동안 어떻게 살아왔기에 내 몸이 이토록 굳어 버린 것일까? 근육을 펴는 동안 나는 고통 속에서 머릿속 질문과 마주할 수밖에 없었다.

몸은 참 정직하다. 우리가 살아오는 방향대로 몸은 길들기 마련이다. 책상 앞에서 웅크리고 시험지에 박힌 숫자를 헤아리는 동안 나의 마음은 내 앞에 놓인 책상만큼의 크기로 좁아져 있었다. 함께 사는 가족의 마음, 내 옆에 있는 친구의 속사정, 우리 사회 곳곳에 숨죽여 외치는 약자의 비명, 지구 반대편 전쟁과 기근 속에 굶주리는 이들의 눈빛, 바다 멀리 흘러 들어간 쓰레기를 먹고 죽어 가는 해양 동물을 생각하기에는 나의 책상은 너무도 좁았다. 어깨가 경직되는 만큼 마음도 딱딱해져 갔다.

그렇게 어른이 되었다. 굳어 버린 신체만큼이나 내 마음도 유연성을 잃어버린 것일까? 왜 어른이 되면 몸이 굳는 것일까? 마음의 부드러움, 사고의 유연성 또한 몸과 같이 굳어 버리는 것일까? 스트레칭하면서 경직된 몸을 꼿꼿하고 부드럽게 펼치면서 생각한다. 몸과 마음을 편다. 몸을 바르게 정렬하는 동안, 굳고 뭉쳐 있던 신체의 곳곳이 소리친다. 몸은 재차 자신을 돌보지 않았던 기간만큼이나 속절없이 고통을 선사한다.

　대한민국을 아프게 했던 세월호 사건을 통과하며 참된 어른이 된다는 것이 어떠한 것인지 한참을 고민했다. '가만히 있어라'는 말로 꽃 같은 생명을 기울어지는 배 안에 묶어 두었던 참사 앞에서 그 어떤 성인이 고개를 들 수 있었을까? 우리는 왜 상처받은 이들을 위로하고 껴안을 수 없었던 걸까? 면피와 무책임의 얼굴, 그 모습은 이 시대 대한민국 절대다수 어른의 초상이었다. 세월호를 통해 비추어진 어른의 모습에서 유연함도, 부드러움도, 지혜도, 포용도, 사랑도 찾기 어려웠다.

　군은 몸을 고통과 함께 풀어내면서도, 아직도 어른이 된다는 것이 어렵기만 하다. 발레를 하는 동안 우리 몸이, 그리고 우리 마음과 생각이 어린 시절의 유연한 모습 그대로면 얼마나 좋을까 생각해 본다. 내게 발레는 몸과 마음을 펴는 시간이다. 이 시간만큼은 어른이라는 옷을 벗어 던지고 어린 시절 말랑말랑하고 유연했던 시절로 돌아가고 싶다. 몸도 마음도 무엇이든 끌어안고 받아들일 수 있던 시절로.

바르게 서는 것이
이토록 힘든 일이라니

1번 자세

내게 서른은 없을 거라 생각했다. 말 그대로 어릴 적의 나는 서른 살의 내 모습을 상상한 적이 없다. 치기 어린 생각에 서른 이전에 생을 마감하는 것이 좋겠다고 여겼다. 전혜린, 기형도, 실비아 플라스, 버지니아 울프… 내가 좋아하는 작가들은 희대의 명작을 남기고 대개 그 나이쯤 요절했다. 가장 젊고 아름다운 모습으로 기억된다는 점과 여러 가능성을 열어 놓은 채 삶을 마감했다는 점에서 우습게도 이른 죽음을 동경한 것이다.

그랬던 내가 서른이라는 나이를 이렇게 허술한 모습으로 맞이하게 되다니, 이제까지 '이십 대'라는 젊음의 표지로 실수와 방황을 모면해 왔던 내게 방어막이 사라진 기분이다. 서른이 되도록 내가 이룬 게 무엇일까? 차도 없고, 집도 없고, 자랑할 만한 연봉도 아니고, 그렇다 하여 정신적 성숙을 이루었나? 아니, 나는 아직도 20대 초반의 어리숙한 모습에서 크게 벗어나지 않았다.

공자는 서른을 이립(而立), 스스로 서는 나이라고 정의했다. 서른이 지난 내 모습을 돌아보며 과연 나는 스스로 서 있는 걸까, 제대로 서 있는 게 맞는 걸까 생각했다.

발레를 하고 있으면 누군가의 도움이나 어떠한 보조 기구 없이, 오로지 나의 힘으로 바르게 선다는 것이 이토록 힘든 일일 수 없다.

발레의 가장 기본자세는 1번 자세다. 다리는 외회전하여 마치 발을 180도로 펼친 것처럼 만들고, 무릎 뒤부터 허벅지까지 틈 없이 꼭 붙인다. 마치 다림질한 듯 팽팽하고 구김 없이 몸을 바르게 편 상태로 있는 것이다. 특히 기초반에 있을 때는 바르게 서기 위해 모든 동작을 연습하는 것이라 보면 된다. 바르게 서는 것을 목표로 한 시간 동안 땀을 흘린다.

문제는 나 스스로 바르게 서 있다고 착각하고 있는 순간이 많다는 것이다. 중립을 지켜야 할 골반이 앞으로 엎어지거나 반대로 엉덩이가 뒤로 빠져 있어 무게 중심이 맞지 않는다든지, 아랫배에 힘이 들어가지 않아 상체가 무너져 있거나, 어깨와 목이 앞으로 쏟아질 듯 나와 있거나, 혹은 오히려 온몸에 힘이 들어가 딱딱하고 경직된 자세로 서 있게 된다. 몸을 바르게 정렬하는 것이 이토록 어려울 줄이야.

발레를 하기 전에는 내가 짝다리로 서 있는지, 골반이 바르게 정렬되어 있는지, 양어깨의 균형이 맞춰져 있는지 신경 써 본 기억이 없다. 희한하게도 나쁜 습관은 또 다른 나쁜 습관을 부른다. 골반 정렬이 무너지면 어깨, 목, 다리, 발 등 신체 전체의 정렬을 무너뜨린다. 신체의 무너진 중심은 연쇄적으로 또 다른 불균형을 만든다. 마음의 원리도 같다. 나쁜 마음은 또 다른 나쁜 마음을 만들어 내고, 어그러진 마음은 결국 정신을 흩트려 놓는다.

발레는 바르게 서는 것부터 시작한다. 발레뿐일까? 모든 것이 바르게 서는 것부터 시작한다. 그러나 편한 대로 살아왔던 내게 바르게 서는 것은 좀처럼 쉽지가 않다. 바르게 선다는 게 뭘까? 이립(而立), 스스로 서는 나이. 매번 작은 것에 흔들리고 여전히 인생이 어렵기만 한 내가 나 자신의 힘으로 바르게 설 수 있을까. 쉽고 빠르게 가고 싶은 마음에 중심을 잃고 짝다리를 짚고 있는 것은 아닌지, 소신 없이 다른 사람들의 목소리에 어깨는 처지고 말린 것은 아닌지, 아니면 이를 수 없는 완벽한 기준을 나와 타인에게 휘두르며 완고하고 경직된 삶을 살고 있는 것은 아닌지 모르겠다.

발레에서 바르게 서는 것을 연습하며, 내 삶에서 바르게 서기 위해 어떤 노력을 하고 있는지 되돌아본다. 진정한 이립을 이루기 위한 노력은, 클래스뿐만 아니라 지금 여기 내가 살아가는 삶의 현장에서부터 시작해야 하겠지.

바르게 서 있는 것. 그것은 가장 기본이며 누구나 할 수 있지만, 어쩌면 제일 어려운 일일지도 모르겠다.

1번 자세 _ 발레의 기본자세다. 다리는 외회전하여 마치 발을 180도로 펼친 것처럼 만들고, 무릎 뒤부터 허벅지까지 틈 없이 꼭 붙인다. 마치 다림질한 듯 팽팽하고 구김 없이 몸을 바르게 펴, 서야 한다.

발레에서 바르게 서는 것을 연습하며,

내 삶에서 바르게 서기 위해

어떤 노력을 하고 있는지 되돌아본다.

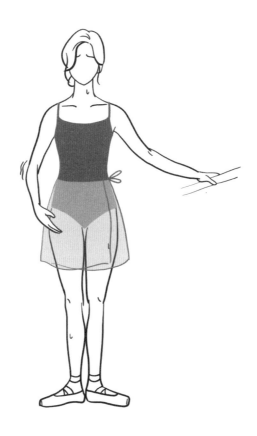

발레를 발레답게,
나를 나답게

턴 아웃

턴 아웃(turn out). 그놈의 턴 아웃.

발레를 하게 되면 사람마다 각자 하나 이상(대개는 무수히 많은)의 어려움은 겪게 되는데, 그중 나를 가장 괴롭게 하는 것은 바로 '턴 아웃'이다. 턴 아웃은 발레의 모든 동작에서 가장 기초가 되는 자세다. 엉덩이의 힘으로 고관절부터 발끝까지 하지 전체의 안쪽 면이 정면을 향할 수 있도록 외회전시킨 자세를 말한다. 인체 구조상 자연스러운 정렬 상태가 아니라 인위적인 힘과 꾸준한 트레이닝으로 안쪽 근육을 바깥 방향으로 돌려내야 하기 때문에 상당한 시간과 노력이 필요하다. 완벽한 턴 아웃은 양발이 180도로 펼쳐질 정도로 외회전 된 상태일 것이지만, 전문 무용수 중에도 완벽한 턴 아웃을 구사하는 사람은 드물다고 한다.

턴 아웃이 중요한 이유는 하지의 움직임이 더 자유로워지고 미관상 다리가 더 길어 보이기 때문일 것이다. 공연 중에 관객들의 탄성을 자아내는 데벨로뻬(développé), 그랑 제떼(grand jete), 피루엣(pirouette) 등 모든 발레 동작은 턴 아웃이 뒷받침되지 않으면 불안정하고 발레의 아름다움이 드러나지 않는다. 그만큼 턴 아웃은 발레를 다른 춤으로부터 구별하는 특징이기 때문에 발레의 문턱을 높이는 요소이자, 발레의 아름다움 정점에 있는 요소다. 그야말로 발레다워 보이기 위해서는 턴 아웃이 필수인 것이다.

턴 아웃의 핵심은 바르게 정렬된 골반과 둔근, 복근, 내전근 등 하지 외회전 근육에 있다. 골반에 치우침이 없고, 골반을 둘러싼 근육이 유연하면서도 튼튼하다면 턴 아웃 하는 데 유리한 조건을 갖춘 셈이다. 하지만 나의 경우 골반은 비대칭이요, 척추는 휘었으며, 움직일 때마다 고관절에서 딱딱 소리가 날 정도로, 온몸이 경고 메시지를 보내고 있는 상태였다. 그리고 엉덩이와 허벅지 안쪽에다 힘을 주라고 하는데 당최 어떻게 힘을 줘야 하는 것인지 영 알 수 없었다.

　사무직 생활이 대개 그러하듯 책상 앞에 앉아 있는 시간이 길고 특별히 운동을 정기적으로 한 적도 없었기 때문에, 몸통 중심축이 되는 코어 근육이 상당히 퇴화해 있었다. 상체와 하체를 연결하는 장요근과 허벅지 뒤쪽 근육인 햄스트링은 단축되어 있었고, 골반은 대칭을 잃고 뒤틀어져 있었으며, 허벅지 안쪽 내전근과 복근은 전무한 상태였다. 이런 상태에서 턴 아웃이 잘 될 리가 있나?! 턴 아웃은 발레를 배우는 데 있어 분명한 한계와 걸림돌이 되어 버렸다.

　턴 아웃이 안 되니 모든 동작이 발레 같아 보이지 않았다. 문제는 턴 아웃은 단기간에 완성되지 않는다는 점이다. 성장이 끝나고 이미 어느 정도 몸이 굳어 버린 성인은 턴 아웃을 체득하기 쉽지 않다. 취미 발레 연차가 2년, 3년을 넘어가도 여전히 턴 아웃과 고군분투하고 있는 나와 달리, 새로 온 수강생이 쉽게 턴 아웃을 하는 것을 볼 때면 억울한 마음과 함께 낙담하게 될 때가 있다. 나와 출발선이 다른 사람을 보게 될 때의 좌절감이랄까?

　이와 비슷한 기분은 사회생활을 하면서 몇 번 느껴본 적이 있다. 별다른 수입원이 없는 대학생 시절부터 외제 차를 몰고 다닐 만큼 재력가인 부모를 두었거나, 얼굴이 빼어나게 예쁘고 출중하여 큰 노력을 기울이지 않아도 사람들의 사랑과 관심을 받거나, 타고난 환경 덕분에 일찌감치 인생의 방향을 정해 고민 없이 걸어가는 이들을 볼 때 느꼈던 부러움과 무력감 같은 감정 말이다.

그런 사람들을 보면 세상은 불공평하다고 생각했다. 나는 노력에 노력을 더해야만 겨우 얻을 수 있는 것들 혹은 아무리 애써도 얻을 수 없는 것들이 누군가에게는 그저 대가 없이 주어진 것처럼 보였다. 발레도 그런 걸까. 타고난 체형과 재능이 없다면, 취미조차 마음대로 즐길 수 없는 걸까. 암만 애써 봐도 제대로 턴 아웃을 할 수 없을 것 같았다.

그런 내 마음을 꿰뚫어 보셨는지 어느 날 선생님께서 수업 전에 조용히 부르셨다.

"수혜 씨, 턴 아웃이 안되는 게 문제가 아니에요."

"선생님, 저는 암만해도 턴 아웃은 안될 것 같아요."

"안 되는 건 없어요. 불가능하다고 생각하지 마세요."

조용하지만 단호하게 이야기해 주시는 선생님의 말씀에 왠지 부끄러워졌다.

참 많은 이들을 부러워했다. 그들과 나를 비교했다. 누구도 시키지 않았던 비교와 평가의 잣대를 스스로 들이대고 있었다. 그렇게 마음에 좌절감을 쌓고, 스스로 포기하고, 누군가를 미워하고, 세상에서 내가 제일 불쌍하고 억울한 듯 굴었다.

턴 아웃(turn out)은 그간 마음 깊은 곳에 숨겨 두었던 나의 어리석음과 못난 마음을 드러내게(turn-out) 하는 것인지도 모른다. 누군가를 이기기 위해 발레를 하는 것은 아닌데, 나는 무엇이 그렇게 욕심나고 급한 걸까? 나는 나의 출발점이 있고, 나만의 속도가 있다. 못난 내 모습을 인정하면서 조급함과 욕심을 내려놓으니 몸도 마음도 한결 가벼워진 기분이다.

누군가에게는 턴 아웃이 어려운 일이 아닐 것이다. 하지만 그들에게도 절대 할 수 없을 것만 같은 어려운 동작은 있는 법이다. 작가 커트 보니것이 말했다. 예술가는 자신의 한계를 극복하기 위해 어떻게 노력했는가를 통해 사람들의 마음을 감동시키는 법이라고.

내게 여전히 어렵기만 한 턴 아웃은 발레 하는 매 시간마다 나를 가르치고 있다. 내가 가지지 못한 것에 절망하고 분노하기보다 나의 한계를 어떻게 극복하는지, 그 노력이 더 아름다운 동작을 만드는 것이라는 사실을 말이다.

턴 아웃 _ 엉덩이의 힘으로 고관절부터 발끝까지 하지 전체의 안쪽 면이 정면을 향할 수 있도록 외회전시킨 자세다.

갈비뼈를 닫고
내면의 중심을 잡아
풀업

"갈비뼈 닫으세요!"

발레를 시작하면서 그간 들어본 적 없는 다양한 지시를 수업 시간 내도록 듣게 되는데, 그중에서도 좀처럼 감이 잡히지 않는 것은 갈비뼈를 닫으라는 이야기였다. 아니, 갈비뼈에 손잡이가 달린 것도 아니고 갈비뼈를 닫으라니 기괴하고도 아리송한 이 말은 도대체 무슨 뜻인가?

성인 발레 수업에 임하는 수강생들의 자세에는 여러 단계가 있다. 첫 번째 단계, 갓 발레 클래스에 입문한 초보자로 선생님이 외치는 말이 도무지 이해되지 않는 단계다. '팔을 들어라', '다리를 뻗어라' 정도의 일차원적인 지시는 무난히 따라 하지만, '갈비뼈를 닫아라', '풀업해라', '겨드랑이 안쪽에 힘을 주어라'와 같이 생전 처음 듣는 말 앞에서 속수무책으로 몸을 가누지도, 머리로도 이해하지 못하는 단계라 할 수 있다. 여기서 어느 정도 발전하면 두 번째 단계로 접어든다. 선생님의 지시 사항이 머리로는 대략 감이 잡히는 시기다. 즉, 머리로는 이해하지만 몸은 따라 하지 못하는 단계다. 이 단계에서의 괴로움도 만만치 않다. 머리와 몸이 따로 노는 웃기고도 슬픈, 이른바 웃픈 현상이 발생한다. 머리로는 정답을 아는데, 몸이 따라주지 않는 슬픔이란. 여기서 수없는 반복의 과정을 거쳐야 머리가 이해한 대로 몸이 따라 하는 단계에 이르고, 좀 더 많은 시간과 노력이 쌓이면 머리가 인지하기 전에 몸이 먼저 반응하는 최종적인 단계로 향한다.

첫 번째 단계, 머리로도 이해하지 못하는 단계에서 가장 난감했던 것이 풀업(pull up)이었다. 우리나라 말로 적당히 바꿀 말이 없어 풀업이라고 그대로 명하는 이 자세는 발레리나의 우아하고 아름다운 상체를 표현하는 데 가장 핵심적인 요소다.

발레는 턴 아웃과 더불어 풀업이 모든 동작의 근간을 이루는데, 풀업은 단어 그대로 정수리를 천장 방향으로 팽팽하게 잡아당겨 꼿꼿하고 반듯한 상체 모양(square box)을 유지하는 것을 뜻한다. 무작정 목과 머리를 위로 끌어올리는 것이 아니라, 어깨는 아래로 내려 작용 반작용의 힘이 상체에서 강력한 에너지를 만들 수 있어야 한다. 이때 상체를 끌어올리다 보면 자연스럽게 갈비뼈 부근 흉통이 벌어지게 된다. 풀업은 이렇게 벌어지려는 흉통을 체간과 복근의 힘으로 제어하면서 완성된다. 즉, 갈비뼈를 닫으라는 말은 허리와 목을 세우고 어깨는 내리고 체간은 조은 채로 바르고 곧은 상체를 만들라는 의미다. 이렇게 풀업 상태를 유지하려고 애쓰다 보면, 자연히 상체를 가늘고 길게 뽑아내게 된다.

많은 사람이 발레리나는 마르고 여리여리하다는 생각을 한다. 발레를 본격적으로 배우기 전에는 내게 발레리나는 툭 치며 쓰러질 것 같은 가냘픈 이미지였다. 하지만 발레를 배우고서야 알게 되었다. 발레리나는 툭 치면 절대 쓰러지지 않는다. (이들은 플랭크를 몇 세트씩 거뜬히 해내는 사람들이다.)

발끝으로 춤을 추고 슈즈가 피로 물들어도 표정은 변함없다. 공기처럼 날아다니지만 그만큼 지구의 강력한 중력을 그

가냘파 보이는 몸으로 이겨낸다. 아름답고 우아한 모습 속에 숨겨진 강인함과 단단한 내면은 발레리나의 특징이다. 신체 중심에 강력한 코어 에너지가 없다면 어떠한 우아한 동작도 불가능하다. 바로 풀업의 힘이다.

풀업을 하고 있으면 우아하고 가벼워 보이지만, 실제로는 내면에 강력한 에너지를 끊임없이 발산하고 있다. 풀업을 인생관으로 비유할 수 있다면, 외유내강의 자세일 것이다. 타인에 대한 유연한 자세는 그 어떠한 것에도 휘둘리지 않는 단단한 자아가 있을 때 가능하다. 누구에게나 마냥 부드럽기만 하다면 주관 없는 사람이 될지도 모른다. 반대로 내 생각에만 갇혀 있다면 딱딱하고 고집스러운 사람이 될 것이다. 타인에게 관대하되 휘둘리지 않고, 중심을 꽉 잡을 수 있도록 나에게는 엄격한 외유내강의 사람. 우아하지만 강한 사람. 삶에서 풀업을 하고 있는 사람이 아닐까 상상해 본다.

여느 때처럼 글을 쓰기 위해 카페에 들어갔다. 커피를 주문하기 위해 줄을 서서 기다리고 있는데, 내 앞에 있던 손님이 큰 소리로 점원에게 소리쳤다. 보아하니 줄이 길어지게 될 것을 염려한 점원이 옆에서 계산을 도와드리겠다고 안내했지만, 내 앞의 남자는 점원의 태도가 마음에 들지 않았던 모양이다.

암만 손님이 왕이라는 인식이 짙게 배어 있는 사회라 하더라도, 그리 화낼 것 없어 보이는 상황에서 고압적인 태도로 소리지르는 남성이 좀처럼 이해되지 않았다. 마치 왕 대접을 받지 못한 억울함에 시위라도 하는 듯 보였다. 그런데도 점원은 침착한 태도와 친절한 어투를 잃지 않은 채 응대했고 머지않아 상황은 마무리되었다. 나는 내 앞에 펼쳐진 작은 소동을 보며 큰 목소리와 화난 표정이 결코 '강함'을 드러내는 것이 아님을 깨달았다. 흔들리지 않고 침착하지만 부드럽게 상황을 종료시킨 점원이 훨씬 더 강한 사람으로 보였기 때문이다.

발레를 하는 동안 풀업을 제대로 하는 이에게서 느껴지는 단단한 중심, 그것을 내 삶으로 체화할 수 있을까? 폭력과 무력으로 타인을 억누름으로써 자신의 지위와 권력을 확인하는 사람보다는 어떠한 상황에서도 자존을 잃지 않고 웃을 수 있는 사람이 진정한 강자다. 복잡한 사회와 어지러운 세상 속에도 흔들리지 않고 내면의 중심을 단단히 세우는 것. 그것은 갈비뼈를 닫는 것만큼이나 어려운 일이지만, 나는 클래스가 끝나더라도 풀업을 유지하는 사람이 되고 싶다.

풀업 목과 머리를 위로 끌어올리고, 어깨는 아래로 내린다. 이때 벌어지려는 흉통을 체간과 복근의 힘으로 조아, 바르고 곧은 상체로 만든 상태이다.

'발 모양이 왜 그래요?'라는
무의미한 질문

포인&플렉스

내 발은 못생겼다. 예쁜 발, 못생긴 발의 기준이 있겠냐만 이럴 때부터 나는 내 발이 마음에 들지 않았다. 발볼은 넓고, 발등은 높고, 높은 굽의 구두를 신고 다니는 것도 아닌데 무지 외반증으로 인해 발가락도 휘었다. 심지어 발바닥 축이 아래로 꺼진 유연성 평발이라 오래 걸으면 금세 피로감을 느낀다. 한 번도 내 발에 꼭 맞는 신발을 신어 본 적이 없고, 신발은 늘 이상한 모양으로 닳기 일쑤였다.

사실 내 발을 더 미워한 계기는 따로 있다. 사춘기 시절 교회 수련회에서 한 오빠가 내 발을 보더니 '왜 그렇게 발볼이 넓냐고 놀리듯 말을 툭 던졌다. 때론 누군가 아무 생각 없이 던진 말이 마음을 휘저어 놓는 법이다. 더군다나 그때가 외모에 관심이 생기고, 남들과 다르면 큰일이 나는 줄만 알았던 사춘기 시절이라면 더욱.

민들레 홀씨처럼 가볍던 그 오빠의 말 한마디는 내 마음에 안착하자마자 뿌리를 내리기 시작했다. 그날 이후로 나는 내 발이 미웠다. 왜 나는 발마저 예쁘지 않은 걸까. (지금 생각하면 전혀 신경 쓰지 않아도 될 말인데) 내 발을 향한 미움의 역사는, 남과 북이 화해와 통일을 그리는 평화의 날이 찾아와도 쉽사리 맥을 끊지 못하고 있었다. 발레 슈즈를 신고서도 여전히 못나 보이는 내 발. 아니, 발레 슈즈를 신으니 더욱 못나 보이는 내 발. 캔버스 소재의 발레 슈즈에 그대로 드러난 두 발은 튼실하게 잘 여문 고구마 두 덩이 같았다. 발을 향해 한숨을 내쉬고 클래스에 들어갔다.

발레는 발의 쓰임이 참 많다. 포인(pointe)은 다리를 사용하는 발레 모든 동작의 기본이 된다. 발등 근육을 쭉 앞으로 밀어내어 다리가 더욱 길어 보이게 만든다. 반대로 플렉스(flex)는 발 뒤꿈치를 90도로 세워 아킬레스건을 팽팽하게 만

발 모양이 좀 안 예쁘면 어때.

내 발은 이렇게 까다로운 발레 동작도 해내는걸.

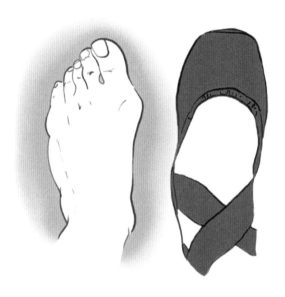

드는 동작이다. 발레의 동작에 기본이 되는 만큼 클래스를 시작하면 빠짐없이 반복하는 것이 포인과 플렉스 연습이다. 발레리나들은 발을 손처럼 사용할 수 있을 만큼 발이 유연하다고 한다. 하지만 발가락에 근육이 있다는 사실을 한 번도 생각해 보지 않았던 나는, 포인 연습을 하자마자 내 발의 근육은 땅을 딛는 기능을 제외하고 모조리 퇴화한 게 아닐까 심히 의심스러웠다.

포인을 몇 번 반복했더니 이내 발바닥에서 쥐가 나기 시작했다. 일상에서 발의 근육을 이렇게 세심하게 써본 적이 없으니 당연한 일일 테다. 더 이상의 동작은 받아들일 수 없다는 듯 발이 반항하는 것 같다. 어떻게든 선생님을 따라 해 보려고 발을 꼼지락거리는 순간, 발이 내게 항변하는 소리가 들린다.

'넌 나 덕분에 이곳저곳 놀러 다니고, 심지어 생전 하지 않던 발레까지 해 보려고 애쓰는데 왜 그렇게 나를 미워하니?'

쥐가 나는 발을 살살 달래가며 포인과 플렉스를 반복하는 동안 내 발을 들여다보니 새삼 기특하기도 하고 미안해진다. 고맙기도 하다. 밑바닥에서 이 무거운 몸을 지탱하며 꿋꿋하게 서 있기도 하고, 구석구석을 돌아다니며 내게 새로운 경험을 안겨 주기도 하고, 발끝으로 버텨 보며 평소 하지 않던 이 모든 발레 동작들을 따라 하고자 애쓰고 있다.

따지고 보면 발이 예쁘고 예쁘지 않고는 누가 정한단 말인가. 발레리나처럼 발이 유연하지 않아도 내 소중한 발은 매시간 노력하고 있다. 일하기 싫어 무거운 몸을 이끌고 출근할 때도, 상사에게서 한 소리 듣고 풀 죽어 퇴근하는 날에도, 모든 것을 손 놓아 버리고 싶었던 나날에도 이 두 발만큼은 부지런히 움직였다.

눈이 얼굴에 달려있기 때문일까? 우리의 시선은 발에 머무르기 어렵다. 그래서인지 발은 우리 신체 기관 중 하는 일에 비해 그만큼의 가치를 인정받지 못할 때가 많다. 발레를 하다 보니 평소 잘 쳐다보지도 않던 발에 관심을 두게 된다. 그렇게 밉게만 보였던 내 발을 정직하게 들여다본다. 발등이 높아 구두 신기에 불편했는데, 발레를 하니 높이 솟은 발등을 예쁜 발등이라고 칭찬한다. 발은 변한 것이 없는데, 내가 딛고 있는 세계에 따라 발을 바라보는 관점이 다르다니 이상한 일이다.

누군가 나의 노력으로 이룰 수 없는 무언가에 대해 '왜'라고 묻는 일, 가령 나의 성별, 국적, 인종, 생김새, 출신, 심지어 발 모양에 대해서 '왜 그렇냐'고 묻는 말에 에너지를 쏟을 필요가 없음을 이제는 안다. 그 질문 자체가 우습고 가치 없는 일이기 때문이다. 발 모양이 좀 안 예쁘면 어때. 내 발은 이렇게 까다로운 발레 동작도 해내는걸.

최근 모바일 게임을 시작하게 됐는데, 게임을 하기 위해서는 닉네임이 필요했다. 적당한 닉네임이 생각나지 않아 무작위로 닉네임을 지정해 주는 기능을 눌러 보았다. 게임에서 붙여 준 나의 닉네임은 '행복한 발바닥'이었다. 살풋 웃음이 나온다. 그래, 내 발은 이제 못생긴 발이 아니고, 행복한 발이다!

포인&플렉스 _ 발등 근육을 앞으로 밀어내고 발끝을 뾰족하게 만들어 다리가 더욱 길어 보이게 만든다. 플렉스는 발뒤꿈치를 90도로 세워 아킬레스건을 팽팽하게 만든다.

마음이 다치지 않는
온도

웜업

대학교에 입학할 무렵, 나는 고모를 처음 만났다. 아빠보다 나이가 더 많은 고모가 미국으로 건너간 것은 스무 살을 갓 넘긴 20대 초중반 때였다고 한다. 지금보다도 훨씬 더 오래전 일이니, 이민자로서 미국에 정착하기 위해 얼마나 힘들었을지 나의 단출한 상상력으로 가늠만 해 볼 뿐이다. 고모는 나를 제대로 본 적이 없어도 이따금 삐뚤빼뚤한 글씨로 카드를 적어 보내곤 했는데, 시간을 나눈 적 없는 조카를 그토록 보고 싶어 하는 고모를 통해 어린 나이지만 피로 연결된 끈끈한 힘에 대해 놀라곤 했다.

스물다섯 살의 내가 뉴욕에 잠깐 머무르게 되었을 때, 고모가 살고 있는 피츠버그를 방문했다. 고모는 미국 국립 병원의 간호사로 일하면서, 미국 드라마에서나 보던 아담하면서도 아늑한 분위기의 집에서 파트너와 함께 살고 있었다. 하회탈과 태극 문양의 부채 등 한국 전통의 장식품이 곳곳에 걸려 있었는데, 내 눈엔 고국에 대한 그리움이 여기저기 걸려 있는 것 같았다.

고모와 나는 세대 차이도 크고, 살아온 환경에 따라 문화 차이도 크다. 나는 이따금 그 간격을 느끼며 고모의 애정에 부담감을 느낀 적도 있다. 그런데도 고모를 좋아하는 건, 누군가에게 의지하지 않고 적극적으로 자신만의 삶을 개척했다는 점이 존경스러웠기 때문이다.

고모와 미국에서 나눈 대화 중 잊히지 않는 말이 있다. 모든 인간관계에 있어 상대에게 기대하지 말라는 것이었다. 주고 싶은 만큼 주고, 사랑하고 싶은 만큼 사랑하더라도, 결단코 상대로부터 그에 향응하는 무언가를 기대하지 말라고 당부하셨다. 기대할 것 같으면 애초에 주지 않는 게 나을 거라는 말도 덧붙였다.

시간이 지나 여러 관계를 거치며 나는 그 말을 실천하는 게 쉬운 일이 아니라는 것을 번번이 경험했다. 쉽지 않은 만큼 나와 누군가의 관계를 지키기 위해서 더없이 중요한 일이라는 것 역시 깨닫고 있다. 타인과 외부 환경에 대한 기대에 행복을 맡기는 것은 통제할 수 없는 것에 내 마음의 열쇠를 쥐어 주는 일이자, 나 자신을 옥죄는 행위다. 진정 자유로워지려면 단순하고 간결한 마음을 유지해야 한다.

발레 수업에서는 본격적인 동작을 시작하기 전에 웜업(warm-up)을 한다. 몸에 적당한 열이 나도록 매트나 플로어에서 근력 운동과 스트레칭을 하는 시간이다. 근육이 늘어나기 좋은 온도는 39도라고 한다. 쓰지 않던 근육에 갑자기 무리를 가하면 몸에 기어코 탈이 난다. 늘어나지 못해 근육이 찢어지기도 한다. 그 때문에 옷을 따뜻하게 껴입고 운동과 스트레칭으로 근육을 깨우는 것이 중요하다. 발레 동작을 연습하는 것도 중요하지만, 건강하게 발레를 지속하려면 웜업은 필수다.

근육이 다치지 않는 온도가 39도라는 이야기를 들으니 문득 마음이 다치지 않는 온도도 있을지 궁금해졌다. 내 몸이 평소에 하지 않던 동작을 배우고 소화하기 위해 이렇게 땀을 흘리며 몸을 보호해야 한다면, 마음 역시 무언가를 받아들이기에 적합한 온도로 만들어 주어야 하는 게 아닐까.

　누군가를 내 마음에 받아들이거나 또는 나를 누군가의 마음에 내던질 때 무작정 불타는 열의로만 행한다면 나의 마음이든, 상대의 마음이든 쉽게 다칠지도 모른다. 빠르게 탈진할 수도 있다. 상대를 배려하지 않는 욕심으로 열띤 마음, 주는 것만큼 받고 싶은 기대감은 차분히 내려놓고, 나와 상대의 마음의 온도를 맞춰 가는 일. 본격적으로 발레를 하기 전에 충분히 웜업을 하듯이, 내 마음을 열고 상대의 마음을 여는 데도 웜업이 필요한 것인지 모른다.

웜업 _　본격적인 발레 동작을 시작하기 전에, 몸에 적당한 열이 나도록 매트나 플로어에서 근력 운동과 스트레칭을 하는 시간

'가짜'는
감동을 줄 수 없다

진심과 노력

또래 사이에서의 관계가 절대적으로 중요했던 초등학교 시절. 같은 반 남자아이기 나를 좋아한다는 소문이 학교와 학원에 퍼지자, 나는 바로 놀림감의 대상이 되었다.

"땡땡이는 누구누구를 좋아한대요."

지금에야 귀엽게만 보이는 이런 유치찬란한 놀림이 당시에는 엄청난 스트레스여서 나는 나를 좋아해 주는 그 친구를 되려 미워하게 되었다.

문제는 그 이후로 내게 이상한 트라우마가 생겨서, 누군가가 나를 좋아하면 그게 무서운 일이 되었고, 동시에 내가 누군가를 좋아해도 그 감정을 숨겨야만 한다는 강박감이 뒤따랐다. 사람이 사람을 좋아하는 것은 당연하고도 자연스러운 일인데, 어린 시절의 나는 온 마음과 몸을 다해 이를 부인했다.

누군가를 좋아하는 감정. 보석처럼 빛나는 한 사람의 장점을 발견하고 그것을 사랑하게 되는 일이 내게 부끄러운 일이 되어버리자 나는 자꾸만 가짜 감정을 만들어 내거나 감정을 숨기고 거짓 표현을 하는 것에 능숙해졌다.

병명조차 알 수 없는 나의 고질병은 대학교에 가서도 나을 기미를 보이지 않았다. 당시 한 선배를 좋아하게 되었는데, 나는 그 감정을 당사자는 물론 나 자신에게도 들키지 않게 감추려고 얼마나 애를 썼는지 모른다. 감기와 사랑은 감출 수 없는 것이라고 하는데, 그 어려운 일을 내가 해낸 것이다. 설레는 마음이 혹시라도 흘러나올까 오히려 선배한테 마음에도 없는 차가운 말과 무뚝뚝한 태도로 일관했다.

이것은 이후 몇 번의 연애에서 걸림돌이 되어 결국 관계를 망치는 역할을 톡톡히 해냈다. 좋아하면서도 상처받고 싶지 않아 좋아하지 않은 척을 하다가도, 조바심에 갑자기 상대를 독촉하는 등 서서히 관계를 무너뜨리는 일을 반복했다. 나의 서툰 감정을 설명하고 대화하기보다는, 내가 더 좋아한다는 사실을 들키고 싶지 않아 새침한 태도를 유지한다거나, 답장하지 않으면 덩달아 기 싸움을 펼치며 연락하지 않는 유치한 행동들 말이다. 끝내 상대가 내가 원하는 태도로 나오지 않을 때면 그럴 줄 알았다며 나만의 심판대에 그를 올려놓고 무시무시한 감정의 판정 봉을 휘둘렀다.

발레에서는 '진짜'와 '가짜'가 쉽게 판별이 난다. 동작의 원리를 생각하지 않고, 필요한 근육을 제대로 쓰지 않으면 동작의 한계가 느껴지며, 발레가 아니라 발레를 흉내 내는데 그칠 수밖에 없다. 당연하게도 사람들은 그런 춤에는 감동하지 못한다.

무대 위에서만이 아니라 클래스에서도 마찬가지다. 힘들다고 대충 흉내만 낸다면 실력은 늘지 않고, 오히려 불필요한 근육만 울퉁불퉁 튀어나온다. 진정 발레를 하는 게 아니라, 발레를 하는 척하는 것이다.

진심과 노력을 다해 발레를 하는 것처럼, 진짜 삶을 사는 것은 쉬운 일이 아닐 것이다. 진짜로 살기 위해서는 용기가 필요하다. 내 진짜 마음, 진심을 꺼내는 일을 두려워하지 않아야 한다. 내 마음이 곡해되지 않도록 세심하게 전달하기 위해서는 관계에 있어 더 성실하고 부지런해져야 한다.

매력적인 사람은 가짜가 아닌 진짜 감정으로 사람을 대하는 투명한 사람이다. 싫은 것은 싫다고, 좋은 것은 좋다고 정직하게 표현할 수 있는 사람 말이다. 그게 꽤 용기가 필요하다는 것은 제법 나이를 먹고 나서야 알게 되었지만.

진짜 근육을 만들기 위해 눈속임을 걷어내듯, 내 마음의 속살을 내보이기를 부끄러워하지 말아야겠다.

고통을 껴안아야
알 수 있는 것들

근육통

발레를 시작하며 한 가지 익숙해진 것이 있다. 그것은 바로 '근육통'. 외계어처럼 들리던 발레 용어가 어느덧 익숙해졌음에도, 수업 다음 날이면 으레 근육통이 느껴지는 건 변함이 없다. 턴 아웃을 열심히 한 날이면 엉덩이 근육과 허벅지 안쪽 근육이 얼얼해지고, 풀업과 아라베스크(arabesque) 연습을 한 날이면 척추기립근 부근에서 아릿한 통증이 느껴진다. 폴 드 브라(port de bras)에 신경 쓴 날은 팔 안쪽에서 팽팽한 근육의 긴장감이 다음 날까지도 흔적을 남긴다.

학창 시절 학기에 한두 번 있던 체력장을 하고 나서야 느꼈던 얼얼한 통증을 발레를 하고 나서부터는 거의 매일 느끼게 된 것이다. 처음에는 오래간만에 느끼는 근육통에 온갖 엄살을 내고 다녔다. 하지만 발레를 배우는 날들이 차곡차곡 쌓이기 시작하자, 오히려 근육통을 즐기기 시작했다. 발레가 안겨 주는 고통이 조금씩 친숙해진다. 근육통이 없는 날이면 오히려 수업에 열심히 임하지 않았나 하는 불안감과 반성이 뒤따라오는 것이다.

발레는 고통을 사랑해야 배울 수 있는 예술이 아닐까. 고통을 모른다면, 고통을 껴안는 법을 배우지 못한다면 발레를 진정 알 수 없을 것 같다. 고통을 품어야만, 외로움을 견뎌야만 맺을 수 있는 아름다움의 세계야말로 발레가 자리하는 곳이다. 발레가 주는 고통은 오로지 홀로 견뎌야 하기에 외롭고 고독하다. 몸을 최적의 표현 도구로 만들기까지의 고통을 누군가가 대신 겪어 줄 수 없다. 고통을 견뎌야 하는 외로움이 어쩌면 아픔을 증폭시키는 것일지 모른다. 쉽게 내어 주지 않는 발레의 아름다움을 보기 위해 얼마나 많은 순간을 아프고 외로워야 하는 걸까?

대부분 시간을 의자에 앉아서 보내는 현대인들이 중력과

의 전쟁을 치러야 하는 발레를 배우기 위해서는 필수 불가결한 아픔이 뒤따른다. 굽혀져 있던 근육이 펴지고, 약해져 있던 근육이 조금씩 힘을 갖추면서 따라오는 자연스러운 몸의 반응이다. 평소에 쓰지 않던 세밀한 근육이 그저 발레 흉내 몇 번 낸다고 해서 생길 리 만무하다. 시간과 수고, 땀과 눈물, 인내와 고통의 값을 치러야 얻을 수 있는 것이다.

발레를 배운 지 1년이 지나고 2년이 지나도, 여전히 발레의 모든 동작이 낯설고 힘들다. 수업마다 반복해서 배우고 있지만 쉽사리 내 것이 되지 않는다. 하지만 반복된 훈련을 통해 되새김질하듯 마음에 새기는 것이 있다. 이 세상에서 공짜로 얻을 수 있는 것은 없다는 점이다. 그것이 가치 있고 소중한 것이라면, 당연히 그만한 수고와 인내를 심어야 할 것이다.

삶은 고통의 바다에서 헤엄치며 숨 쉬는 법을 익히는 여정이 아닐까 생각하곤 한다. 고통의 크기가 누군가에게는 모래알 같을 수도 있고, 누군가에게는 바위 같을 수도 있지만, 고통이 존재하지 않는 삶은 없다. 발레를 하며 얻는 근육통이 내 몸의 근육이 조금씩 자리 잡고 있다는 증거라면, 일상에서 나를 피로케 하는 자잘한 고통이 어쩌면 '삶의 근육통'인지도 모른다. 일상에 고통이 없다면 그저 관성대로 살아가고 있기 때문은 아닐까? 소중한 가치를 내 것으로 만들기 위한 고통을 적극적으로 껴안자. 희생 없이 얻을 수 있는 것은 없다. 삶을 사랑한다면, 고통과 친숙해지는 법을 배워야 한다. 마치 발레처럼.

#

BARRE WORK

살포시 손을 얹되 스스로 중심을 잡는 시간

바에 한 손 혹은 양손을 얹은 채
몸의 균형을 맞춰 연습한다.

당신과 나의
적당한 거리

바 워크

헤어진 남자 친구와 몇 차례 갈등을 겪었던 이유는 여느 연인과 다름없이 연락 문제였다. 그에게서 연락이 없을 때면 나는 괜한 불안감에 휩싸였다. 왜일까. 누군가를 좋아하게 되면 나란 인간은 유치해지는 것 같다. 평소에 큰 욕심 없이 산다고 생각했는데, 이상하게 사랑하는 사람에게 강한 독점력을 행사하고 싶어진다. 연락이 없는 남자 친구를 걱정하고 기다리다가, 퇴근 후 집에 도착하자마자 잠들었다며 뒤늦게 연락 온 남자 친구에게 짜증을 내고야 말았다.

바는 연인의 손과 같다.

잠시 서로의 손이 떨어지더라도

무너지지 않고 중심을 지킬 힘이 있어야 한다.

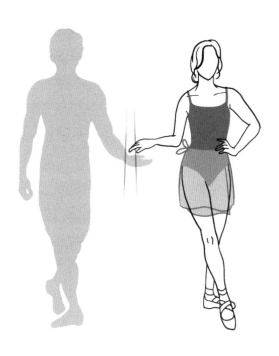

발레 수업 중 바(bar)를 이용하는 시간이 있다. 바는 발레 동작을 배우기 위해 사용하는 보조 도구다. 대개 센터로 들어가기 전, 근육의 바른 쓰임새를 익히기 위해 바를 사용해 기본 동작들을 연습한다. 양손으로 바를 잡고 연습하거나, 한 손씩 번갈아 가며 바를 붙들고서 천천히 몸을 푼다.

처음 바를 잡고 동작을 배우기 시작했을 때, 바를 잡는 것 자체만으로 마음이 부풀었다. 플로어에서 매번 근력 운동만 하다가 드디어 진짜 발레를 배우는 것 같았기 때문이다. 하지만 설레는 마음과 달리 내 몸은 잔뜩 긴장한 채로 부자연스럽게 동작을 따라 하고 있었다. 우아한 음악에 맞춰 탄듀(tendu)와 데가제(degage)가 진행되는 동안, 문득 바를 붙들고 있는 내 손에 힘이 잔뜩 들어가 있음을 느꼈다.

바 워크(barre work)에서 중요한 것은 바에 매달려서는 안 된다는 점이다. 바에 과도하게 기대어도, 힘주어 쥐고 있어도 안 된다. 바가 없어도 스스로 중심을 지키며 움직일 수 있어야 한다. 발레의 최종적인 목표는 바 앞에서가 아닌, 무대에서 춤을 추는 것이기 때문이다.

바를 붙들고 있는 손에 힘이 잔뜩 들어가면 몸의 균형이 흐트러질 뿐만 아니라, 바 없이는 춤을 출 수 없게 된다. 그래서 종종 선생님께서는 바는 양날의 검과 같다고 이야기한다. 바를 잡음으로써 발레에 필요한 근육을 효과적으로 단련하고 동작을 연습할 수 있지만, 바에 지나치게 기대기 시작하면 그때부턴 독이 된다.

그런 점에서 바는 연인의 손과 같다. 잠시 서로의 손이 떨어지더라도 무너지지 않고 중심을 지킬 힘이 있어야 한다. 붙잡고 있는 그 손에 힘을 주기 시작하면, 스스로 균형을 잃게 될 것이다. 억세게 쥐고 있는 손은 나에겐 감옥이 되고, 상대에겐 폭력이 된다. 살포시 손을 얹되 중심은 스스로 제어할 수 있어야 하는 바 워크처럼, 사랑하고 애착하는 대상과의 관계 역시 그러해야 하지 않을까. 바 워크가 진행되는 동안 연인 사이의 적당한 거리에 대해 생각해 본다.

우린 각자의 인생에서 주인공이다. 나의 춤을 누군가가 대신 춰 줄 수 없다. 다만 이 무대에서 나 홀로 춤을 추는 것은 아니기에, 서로의 호흡으로 완성해 갈 파드되(pas de deux, 여성 무용수와 남성 무용수가 함께 추는 2인무)를 꿈꾸어 본다. 아직은 서툴지만 바 워크를 훌륭하게 해낸다면, 언젠가는 당신과 아름다운 파드되를 출 수 있겠지.

바 워크 _ 바는 발레 동작을 배우기 위해 사용하는 보조 도구로, 바를 잡고 동작을 하면서 근육의 바른 쓰임새를 익힌다.

처음인 것처럼
매일 기초를 다지는 일

탄듀

탄듀는 발레의 바 클래스가 시작되면 가장 먼저 연습하는 동작 중 하나다. 모든 발레 동작의 기본이 되는 스텝이기 때문이다. 프랑스어로 '탄듀(tendu)'는 뻗는다는 뜻인데, 단어의 의미처럼 한쪽 다리를 쭉 뻗어내는 동작으로, 무대에서는 다음 동작으로 연결하기 위한 준비 자세가 된다. 탄듀의 핵심은 무릎을 팽팽하게 펴서 다리를 길고 곧게 만드는 것이고, 또 하나의 포인트는 발끝이 바닥에서 떨어지지 않도록 발바닥을 쫀득하고 유연하게 사용하는 것에 있다. 한쪽 손은 바에 올리고 발은 포인 상태를 만들어 다리의 방향(앞, 옆, 뒤)에 따라 뻗은 후 다시 제자리로 가져온다. 발이 제자리로 돌아올 때는 끈적하게 바닥을 쓴다는 느낌으로 천천히 가져온다.

바를 잡고 발레를 한다는 분위기에 심취해 있다가 거울을 보고는 깜짝 놀랐다. '이게 아닌데?!' 포인과 턴 아웃은 어디 가고 헐렁한 무릎, 안짱 발이 바쁘게 움직이고 있었다.

탄듀의 핵심은 발바닥을 부드럽고 유연하게 쓰는 데 있다. 발바닥을 마치 손바닥처럼 움직일 수 있어야 하는데, 발가락부터 발바닥까지 근육을 하나하나 분절하여 바닥을 쓸듯이 움직이는 것이 중요하다. 탄듀를 어설프게 하면 점프를 비롯한 모든 움직임이 둔탁하고 무거워 보이게 된다. 때문에 탄듀는 발레의 가장 기본이 되는 중요한 동작이다.

해외 유명 발레단도 클래스가 시작되면 항상 탄듀부터 한다. 아무리 뛰어난 발레리나도 결코 탄듀 연습을 빼먹지 않는다. 속임수를 쓰기도 어렵고 지름길도 존재하지 않는, 시간과 노력 없이는 결과를 맛보기 어려운 예술이 바로 발레이기 때문에 발레 클래스에서는 누구도 오만할 수 없다.

발레를 시작했을 때 나는 2년 정도 투자하면 어느 정도 발전이 있으리라 생각했다. 여기서 말하는 '어느 정도의 발전'

이라는 것은 남들한테 '이 정도는 할 수 있어요.'라고 말할 수준의 자랑거리라는 뜻이다. 하지만 웬걸? 내가 다니는 발레학원이 워낙 기초를 중요하게 생각하는 곳이기는 하나, 1년 동안 발레 동작은 거의 배우지 못했고 플로어에서 근력과 유연성 운동만을 반복했다. 1년 뒤에야 레벨 업해서 올라간 클래스에서 본격적으로 발레 동작을 하나씩 배우기 시작했지만, 그 동작들마저 내 것으로 만들려면 엄청난 시간과 노력이 필요했다.

그제야 알게 되었다. 발레가 유독 어려운 까닭을. 발레가 어려운 이유는 절대적인 시간의 양이 필요하기 때문이다. 마치 외국어를 단기간에 익힐 수 없는 것처럼 발레도 1년, 2년 투자한다 해서 가시적인 성과를 얻기 힘들다. 타고난 재능과 체형 위에 전문 교육을 10년 이상 거쳐야 프로 무용수가 탄생할 수 있다. 그만큼 발레는 기초를 만드는 데 시간이 오래 걸리는 예술인 것이다.

그런데 나처럼 평범한 사람이 일주일에 두세 시간 투자해서 발레를 잘하게 된다면, (우리 선생님의 말씀을 빌리자면) 모든 일을 때려치우고 지금이라도 한국예술종합학교에 입학해서 발레의 길을 걸어야 한다. 그만큼 특출난 재능의 사람이라는 말이다. 그런 발레를 끽해야 주 2, 3회씩 1, 2년 정도를 하면 어느 정도 할 수 있으리라 생각했다니, 내 욕심의 크기가 이제야 실감 난다. 발레에는 지름길이 없다. 수없이 기본기를 닦고, 기초를 다지는 것 외에는 빠르게 발전하는 방법은 없다. 발레의 이런 점은 빠르고 효율적인 것이 미덕이 된 요즘의 논리와 상당한 거리가 있다.

　나 역시 발레의 속도를 마음에 받아들이기까지 꽤 많은 시간이 걸렸다. 그렇기 때문에 때로는 발레의 속도를 이해하지 못한 (혹은 적응하지 못한) 사람의 마음도 이해가 간다. 기초반을 1년 정도 다니는 동안 많은 사람들이 들어오고 나갔다. 아쉬운 마음이 들긴 했지만 어쩔 수 없는 일이기도 했다. 기초가 없는 발레는 나와 같은 성인 발레생에게는 치명적이다. 턴 아웃 없이 무릎의 연골을 닳게 하거나, 근육에 대한 이해 없이 허벅지 바깥 근육만 울퉁불퉁 키운다거나, 손목이나 어깨처럼 불필요한 부위에 힘을 주는 버릇이 생긴다거나. 발레의 기초를 다소 경시했을 때 이러한 부작용이 찾아온다.

　발레는 몸을 쓰는 방법만큼이나 시간의 힘을 이해하는 법을 가르쳐 준다. 내가 아무리 애를 써도 연습과 훈련의 시간이 중첩되지 않으면 발전이 없고, 그 발전이라는 것도 남들이 볼 때는 크게 차이점을 느끼지 못할 만큼 더디기 때문이다.

발레는 인체를 극한의 경지로 끌어올려 아름다움을 표현하는 예술이기 때문에 발레를 배우는 모든 단계가 도전이다. 마치 수학처럼 기초가 부실하면 어떠한 응용도 할 수 없기 때문에 지루하더라도 기초를 단단하게 쌓는 것이 중요하다.

생각해 보면 비단 발레뿐만이 아니다. 삶을 살아가는 태도에도 발레가 요구하는 '정도(正道)'의 법칙이 필요할 것이다. 《논어》에 '본립도생(本立道生)'이라는 말이 있다. 기본이 제대로 서면 나아갈 길이 생긴다는 뜻이다. 발레도, 우리네 인생도 기본을 바르게 세우는 일이 가장 중요함을 마음에 되새겨 본다.

탄듀 _ '뻗는다', '펼치다'라는 의미로, 턴 아웃한 상태에서 한쪽 다리를 쭉 뻗는 동작이다. 무릎을 팽팽하게 편 상태를 유지하되, 뻗은 다리의 발끝이 포인 상태에서 바닥에 떨어지지 않도록 주의한다.

두려움을 이기려면
부딪치는 수밖에

파세

발레 클래스는 수강하는 사람의 수준에 따라 레벨이 나뉜다. 아름다운 곡을 연주하려면 제일 먼저 악기를 조율해야 하듯, 신체를 악기처럼 사용하는 예술인 발레는 몸을 바르게 사용하는 데 그 첫걸음을 두어야 한다. 발레를 처음 배우는 이들을 위한 기초반에서는 그간 무의식 속에 던져두었던 몸의 감각들을 일깨우는 훈련을 한다. 일반인의 경우 습관적인 움직임을 제외하고는 대개 긴 시간 동안 일상에서 자신의 몸을 세밀히 살펴보고 움직이는 일이 없을 것이다. 그 때문에 발레 기초반 수강생들은 수업 내내 뜻대로 움직이지 않는 자신의 사지로 인해 곤혹감을 느낀다. 하지만 각각의 근육을 강화하고 이완하는 훈련을 반복하다 보면 조금씩 신체에 변화가 찾아온다.

기초반에서 어느 정도 근육의 움직임을 익히고 유연성을 증진해 기본 바탕을 닦고 나면, 다음 레벨로 승급한다. 비로소 발레의 동작을 얹을 수 있는 몸을 갖추었다는 뜻이다. 지겨우리만큼 반복적인 근력 운동으로만 이어지는 기초반을 1년 넘게 다니다가 드디어 레벨 1 클래스로의 승급 소식을 받았을 때 기분은, 과장을 조금 보태 취업 합격 소식을 받을 때보다 더 큰 기쁨이었다. 승급 문자를 확인하자마자 식당에서 밥 먹다 말고 소리를 지른 정도였으니 말이다. 하지만 기쁨도 잠시. 한 단계 올라간 클래스에 들어서자마자 처음 발레를 시작했던 것과 같은 멘탈 붕괴가 찾아왔다. 이제 좀 몸이 만들어졌나 싶었더니, 기적이 일어나지 않으면 절대 할 수 없을 것 같은 동작들이 이어졌다.

레벨 1 클래스에서 비로소 발레 동작을 배우게 된 나는 수업 중에 나 자신에게 실망하고 좌절하는 순간을 몇 번이나 경험하는지 모른다. 내 몸은 애초에 발레를 할 수 없는 몸인데,

왜 난 귀중한 시간과 비용을 들이는 걸까. 왜 나는 이 고통의 과정에 스스로 발을 들였나. 다시 한번 자괴감이 나를 삼켜 버리는 순간이 찾아왔다.

특히 한쪽 발의 발가락만으로 신체의 중심을 잡아야 하는 파쎄(passe)는 자신감을 꺾어 버리는 요주의 동작이었다. 클래스의 다른 사람들은 꿋꿋하게 중심을 유지하는 반면, 나는 몇 번이고 비틀거리다 털썩 내려앉기 일쑤였다.

동작 실패를 반복하게 되면 괜스레 위축된다. 프로도 아니고, 성인이 되어서 동작을 갓 배우는 마당에 쉽사리 성공할 리 만무한데 말이다. 그런 내 마음을 읽은 것인지 동작을 알려 주던 선생님이 수강생들을 향해 두려워하지 말라고 외쳤다. 선생님의 외침대로 실패에 대한 두려움 때문에 나의 가능성을 스스로 제한하는 걸까. 발레를 하다 보면 '아, 난 역시 안돼', '이건 죽어도 안 될 것 같아'라는 부정적인 생각과 두려움에 종종 직면한다. 이렇게 부정적인 생각에 휘말리다 보면 발레의 즐거움은 온데간데없이 열등감과 패배감에 젖어 든다.

발레를 배우면서, 두려움을 이기는 방법은 별다른 수 없이 그냥 부딪쳐야 한다는 사실을 깨닫는다. 주저하는 마음은 결국 실패의 길로 이끈다. 욕심은 부리지 않되, 최선을 다해 시도해 보는 것. 안되더라도 좌절하지 않고 또다시 도전해 보는 것. 발레는 내게 한 발로 서는 기교보다 곧은 심지로 서는 법을 먼저 가르쳐 준다. '될까, 안될까' 주저하는 마음으로는 깨끗한 동작을 할 수 없다. 비록 지금 당장은 되지 않더라도, 언젠가는 성공할 수 있으리라는 확신을 가져야 한다.

거울 앞에서 다시 한번 파쎄를 시도하며 두려움을 마주하는 법을 배운다. 아직도 한 발로 중심을 유지하는 게 두렵고 어렵지만, 비틀거리고 부들거리는 내 모습을 거울로 바라보는 건 여전히 어색하고 부끄럽지만, 조금씩 익숙해지겠지. 발레도, 발레를 하고 있는 나도.

파쎄 _ '한쪽 다리로 중심을 잡고 선 상태에서 다른 다리의 발끝으로 중심축 다리의 무릎 근처를 통과하는 자세다. 턴 아웃을 유지한 채 몸의 균형점을 찾아 유지하는 것이 중요하다.

끝까지 버텼다면
천천히 올라와야 한다

플리에

클래스가 시작되고 플리에 연습을 하던 중에 선생님께서 '얼음!'을 외치셨다. 양발을 턴 아웃 하여 어깨너비로 벌려 2번 자세에서 깊이 내려가는 '그랑 플리에(Grand Plie)'에서 얼음이 된 것처럼 자세를 유지하게 되었다. 한 사람이라도 도중에 포기하면 처음부터 다시 하겠다는 선생님의 으름장(?)에 쉽사리 포기할 수도 없는 노릇이었다. 그렇게 내려가지도 못하고, 올라오지도 못하는 자세에서 단체 체벌을 받는 것처럼 부들부들 떨며 버티고 버텼다.

그랑 플리에를 한 번이라도 해 본 사람이라면, 정확한 자세로 몇 초간 버티는 게 얼마나 힘든 일인지 알 것이다. 허벅지와 얼굴은 터져 나갈 것 같은데, 온몸으로 고통을 버텨내고 있는 나를 약 올리기라도 하듯이 음악은 아주 천천히 느릿느릿 흘러간다. 1초가 천년처럼 느껴지는 순간이다.

어떻게 버텼는지도 모를 시간이 지나고 드디어 선생님의 '얼음' 주문이 풀리자 음악에 맞춰 천천히 처음 자세로 돌아왔다. 이때 힘들다고 허겁지겁 빠르게 올라오면, 그건 발레가 아니다. 끝까지 버텼는데 올라오는 것을 실패해서 무너진다면 이 역시 발레라 할 수 없다. 실패한 플리에다.

그랑 플리에의 우아함은 내려가 버티는 것에 있지 않다. 음악이 끝났다고 해서 털썩 주저앉거나 힘을 풀어 버리면 아무런 소용이 없다. 다시 천천히 원래의 자리로 돌아와서 끝까지 호흡을 유지하고 음악이 멈출 때까지, 무대가 끝날 때까지 발레의 기본자세를 유지할 때 비로소 우아함이 완성된다.

신입사원 티를 풀풀 내고 다니던 사회 초년생 시절. 모든 것이 서툴고 낯설었으나, 나를 가장 힘들게 한 건 지금 생각해도 유별나게 특이했던 상사와, 나와는 전혀 코드가 맞지 않는 회사 선배였다. 가족들보다 더 많은 시간을 함께 보내야 하는 회사 동료들이 나를 힘들게 하다 보니, 하루하루가 괴로웠다. 퇴근길에 혼자 걸으면서 눈물을 뚝뚝 흘리기도 하고, 다음 날 아침 눈이 안 떠졌으면 좋겠다고 생각하며 잠들기도 했다. 회식 장소에서 분위기 맞춘다고 탬버린을 흔들다가도 노래를 종용하는 술 취한 상사의 주문에 노래방 문을 박차고 나가 화장실에서 숨죽여 운 날도 있었다.

지금에야 비교적 여유를 부리며 지난날의 답답하고 우울했던 시간을 이야기할 수 있지만, 그때는 회사와 조직 생활에 오롯이 적응하기까지 웃음을 잃고 살았다. 그 당시 친구에게 회사 생활의 어려움을 토로한 적이 있는데, 친구가 내게 했던 말이 있다. '존버 정신으로 버텨.' 소설가 이외수가 한 말이라며, 존X 버티라는 말이었다. 버티는 게 옳았던 건지 아닌지는 모르겠으나, 어쨌든 친구와 이외수 작가의 표현을 빌리자면 '존버 정신'으로 3년이 훌쩍 넘는 시간을 버텼다. 3년쯤 지나자 날 괴롭게 했던 상사와 선배는 나보다 먼저 회사를 떠나게 되었다.

최근 마음이 힘들었던 날, 일기에 이렇게 썼다.

'발레 동작 플리에처럼 더 깊이깊이 내려가고, 무너지지 않고 끝까지 버텨서, 다시 우아하고 꼿꼿하게 솟아오를 것이

다. 그렇게 아름다운 플리에를 배우고 있는 것으로 생각하자.'

플리에를 연습하면서 생각했다. 힘든 순간을 버티는 것만으로는 동작이 완성되는 게 아니라는 것을. 내려갔다면, 그리고 이를 악물고 버텼다면, 다시 올라와야 한다. 흔들리지 않고, 주저앉지 않고, 다시 올라와서 처음의 호흡을 유지하는 것이 '우아한 승리'의 비결일지 모른다. 플리에를 하면서 지금의 고통이 영원한 것이 아님을 기억하고 버티는 연습을 한다. 그리고 버팀의 순간이 끝날 때 무너지지 않고 천천히 우아하게 올라오리라 생각해 본다.

내 인생의 플리에를 아름답게 완성할 수 있을까. 글쎄, 다만 오늘도 버티고 올라오는 연습을 반복할 뿐이다. 삶이란 무대에서 우아하게 서 있을 내 모습을 상상하며.

플리에 _ 다리를 턴 아웃한 상태에서 무릎을 구부린다. 단, 엉덩이가 뒤로 빠지지 않도록 상체와 골반을 바르게 세운 채 깊이 내려간다.

오늘만큼의 수고를
외면하지 않았다

땀자국

언제부터일까? 땀이 부끄럽기 시작했던 것은.

땀을 많이 흘리는 체질은 아니지만 그런데도 늘 신경 쓰이는 것은 옷에 땀자국이 남는 것이다. 특히 기온이 올라가는 여름에는 여간 신경 쓰이는 일이 아니었다. 생각해 보면 사춘기 시절 여자 친구들 사이에서는 땀 억제제를 사용한다는 친구도 제법 있었다. 겨드랑이에 약을 바르면 대신 종아리나 콧잔등에 땀이 폭발하는 등 예상치 못한 부작용을 이야기하며 킬킬 웃었던 기억이 난다.

몸의 자연스러운 생리 작용이 웃음거리가 되는 일이 우리 생활에 얼마나 자연스럽게 스며들어 있는지, 여름이 되면 친구들끼리 깔깔거리며 '겨터파크' 개장했다며 장난을 치곤 했다. 겨드랑이에서 워터파크 개장한 것처럼 땀이 난다는 뜻이다. 뭐, 친구들끼리 농담 삼아 하는 말이지만, 결국 이런 유행어가 태생하는 저변에는 우리가 흘리는 땀에 대한 사회적인 수치심이 있기 때문 아닌가. 따지고 보면 우리 몸이 땀을 흘리는 것은 생존에 필요한 자연스러운 반응일 텐데, 왜 '땀'이 부끄럽고 민망한 현상이 되었으며, 우리는 왜 필사적으로 땀을 가리게 된 것일까?

사무실 책상에 앉아 하루 대부분을 보내는 나로서는 사회생활을 시작한 이후 땀 흘려 무언가에 매진하는 일은 좀처럼 일어나지 않았다. 그런데 1시간이 넘는 발레 클래스에 참석하고 나면 겨울이라 하더라도 땀이 뚝뚝 흐른다. 몸속 깊은 근육을 조금씩 움직이려고 부단히 애쓰다 보면 어느새 땀이 손끝으로 톡톡 떨어지는 것을 보게 된다. 그런 날은 한 장의 수건이 부족할 정도였다. 처음에는 나의 그런 모습이, 아무리 연습복이라 해도 땀에 젖는 게 민망하기도 하고 부끄러웠다.

하지만 모든 수업마다 땀을 흘리는 것은 아니다. 몸을 움직이기도 귀찮고 힘이 없어 겨우 수업에 출석해 영혼 없이 시간을 보낸 날은 땀은커녕 몸에서 서늘함이 느껴졌다. 그렇게 집으로 돌아가는 길은 왠지 허무하다. 땀자국 없는 레오타드는 민망함을 주진 않지만, 동시에 성취감도 일절 허락하지 않는다.

발레 클래스가 끝나고 흠뻑 흘린 땀을 수건으로 슥 훑고 나면 오히려 개운하고 뿌듯하다. '오늘도 나는 이만큼 땀을 흘렸구나.' 수업을 견뎌내고 오늘만큼의 수고를 외면하지 않은 내가 자랑스럽다. 땀에 젖은 레오타드가 이토록 뿌듯할 수 없다. 땀을 흠뻑 흘리지 않은 날은 최선을 다하지 않은 것 같아 반성의 마음이 들기도 한다.

일주일에 두세 번, 타인의 시선에서 벗어나 마음껏 땀을 흘리고 에너지를 반복해서 분출하다 보니 땀을 부끄러워하는 현상이 참 기묘하다는 생각이 들었다. 운동하고 자기 관리 하는 여자는 멋있지만, 땀 흘리는 여자는 민망한가? 이러한 이중적인 잣대에 대해 진지하게 고민해 보지 않았던 탓일까.

정희진 작가는 《페미니즘의 도전》(교양인, 2013)에서 흔히 여성은 '보는 주체'가 아니라 '보여지는 대상'으로 간주된다고 이야기했다. 땀을 부끄러워하는 것은 내가 땀을 흘리는 주체가 아니라, 땀 흘리는 모습을 보여지는 대상으로 여기기 때문이 아닐까? 존 버거가 《다른 방식으로 보기》(열화당, 2012)에서 이야기한 대로 여자들은 사회의 틀 안에서 자신의 언행을 늘 감시하고 감독하며 살아왔기 때문에 조금의 땀조차 숨기게 된 것인지도 모른다.

땀 흘리는 모습은 민망하고 더러운 게 아니다. 순간에 집중하고 최선을 다했다는 증거다. 건강하다는 표지고, 살아있다는 뜻이다. 나는 보여지고 평가받는 '대상'이 아니라, 살아 숨 쉬고 움직이는 '주체'가 되고 싶다. 그 때문에 더 이상 땀을 숨길 필요가 없다고 생각한다. 외모에 대해 촘촘하고도 구체적인 평가 기준에서 벗어나 자연스럽고 있는 그대로의 내 모습을 더욱 사랑하고 아껴주고 싶다.

오늘도 나는 땀을 흘릴 것이고, 그 땀을 자랑스럽게 여길 것이다.

아픈 만큼
이해할 수 있을까

발레 슈즈

발레를 다녀온 날이면 쓰러지듯 잠이 들었다. 긴 하루의
끝을 강도 높은 발레 동작으로 마무리하는 날이면 말 그대로
베개에 머리가 닿자마자 잠이 들었다.

그랬던 내가 최근에는 발레 수업을 다녀온 날에도 쉽게
잠이 들지 않는다. 그뿐이 아니다. 겨우 잠들었다가도 밤중에
몇 번이고 눈이 떠지고 만다. 분명 팔다리는 아리고 몸은 피곤
한데 잠을 깊이 잘 수 없으니 참 괴로운 일이다. 쉽게 잠들지
못하는 이유는 다름 아닌 갱년기 증상 때문이다. 아직 결혼도

하지 않은 팔팔한 청춘인 내가 갱년기 증상을 겪게 될 줄 상상이나 했을까.

몇 개월 전, 난소에 혹을 발견하면서 수술을 받게 되었다. 8cm가 넘는 혹이 소리 없이 무럭무럭 자라 있었다. 1주일의 입원 기간과 5주간의 휴식기를 거쳤지만, 그것이 끝이 아니었다. 1년 6개월이라는 긴 호르몬 치료 기간이 기다리고 있었다. 이 기간에 몸 안의 여성 호르몬을 인위적으로 억제하는 주사와 약물을 투입해야 했다. 젊은 나라도 여성 호르몬이 사라지니 갱년기 증상이 나타난 것이다.

무려 사춘기 중2병도 이길 수 있다는 갱년기라니! 아니나 다를까 치료 기간에는 밤에 몇 번씩이나 깨는 것은 물론이고, 롤러코스터를 타듯 우울과 희열 사이를 급속도로 오르내렸다. 얼굴이 화끈거리는 열감이 찾아오고, 피부 트러블이 다시금 솟아났다. 왠지 머리카락도 평소보다 더 많이 빠지는 것 같았다. 겪어 보지 못한 이들은 공감할 수 없는 괴로움의 연속이었다.

발레가 남긴 근육통 속에서 자다 깨기를 반복하다 새벽에 어슴푸레 눈이 뜨였다. 문득 엄마 생각이 났다. 엄마도 이 시기를 지나왔을 텐데, 엄마는 어떻게 견뎠을까? 아무런 내색 없이 이런 감정의 급락과 몸의 변화를 오롯이 받아들였을 엄마를 떠올리니 마음이 시렸다. 나는 딸이라는 지위를 이용해 엄마에게 온갖 투정을 쏟아 냈는데 엄마는 무엇에 위로받고 무엇으로 마음을 다스렸을까.

발레와 엄마를 생각하면 떠오르는 이야기가 있다. 아마도 내가 초등학교 저학년 즈음이었을 것이다. 발레를 배우고 싶던 나는 엄마를 졸라 동네 스포츠 센터에서 발레 수업을 듣게 되었다. 발레리나를 선망하며 분홍빛 튀튀를 간절히 원했던 나는 발레 수업에 이어 발레복을 사달라고 졸랐다. 그렇게 딸의 명령을 성실히 수행코자 시장을 뒤지고 찾은 엄마 손에는, 내가 그토록 기대했던 공주풍의 레이스 샤랄라한 튀튀가 아닌, 정체 모를 캐릭터가 그려진 짙은 색의 새빨간 레오타드가 들려 있었다. 이게 아닌데 싶은 마음으로 레오타드를 주섬주섬 입은 나에게 발레 선생님이 "이거 발레복 맞니?" 하고 확인 사살하는 순간, 나는 부끄러움에 애꿎은 발만 꼼지락거렸다.

엄마와 나는 늘 반박자 차이가 난다. 토끼 귀가 달린 머리띠를 사 달라고 조르면 엄마는 토끼 캐릭터가 그려진 머리띠를 사 오셨고, 쥬쥬 인형 세트를 갖고 싶다 하면 엇비슷한 미미 인형을 사다 주셨다. 엄마는 늘 내 속도에 맞추기 위해 바쁘셨고, 나는 늘 까다로운 손님처럼 굴었다. 《다가오는 말들》(어크로스, 2019)에서 은유 작가가 말한 대로 나는 늘 '패자가 정해진 싸움'에서 의기양양한 승자로 군림했다. 지금 생각해 보면 개성있고 독특하며 반에서 유일한 빨간 레오타드인 것을, 그때는 왜 그게 그렇게 부끄러웠나 몰라.

엄마와 딸 사이의 관계는 참 복잡미묘한 것이다. 서로가 서로를 원하면서 동시에 서로의 모습 속에 보이는 자기 자신을 미워한다. 엄마로부터 해방되고 싶으면서도 그 품을 그리워하고, 사랑하면서도 쉽게 좋아하지 못하는 그 관계 앞에서 나는 늘 죄인처럼 입을 다물고 만다.

하루는 엄마가 방안에 들어와 오래된 발레 슈즈를 건네주었다. 어릴 때 신었던 발레 슈즈였다. 이십 년도 넘게 어디에 숨어 있었던 것인지 모르겠지만 엄마는 용케 발견해 뒤늦게 발레에 매진하고 있는 나에게 혹시 필요하냐며 준 것이다. 딸을 향한 엄마의 마음은 그런 것일까. 쉽게 버리지 못한 발레 슈즈에서 엄마의 마음이 느껴져 울컥한다.

쉬이 잠들지 못하는 밤, 엄마를 생각한다. 엄마는 온종일 누군가를 위해 살다 쓰러지듯 잠을 잔다. 하루라도 엄마만큼 누군가를 사랑하고 희생하며 살 수 있을까? 내가 엄마가 되어야 엄마를 이해할 수 있을까? 왜 사람은 겪어야만 이해하고, 아파야만 알 수 있는 걸까? 엄마에게 하고 싶은, 하지만 늘 미뤄 두던 그 몇 마디의 말을 헤아리다 잠이 든다.

'엄마, 사랑해.'

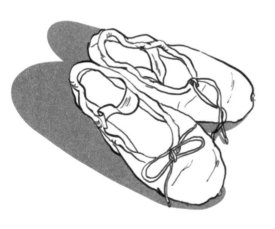

"너의 아픈 마음을
예술로 만들어라"

치유

때로는 견뎌야 하는 날이 있다. 일상의 모든 것이 나를 구석으로 몰아넣는 것 같은 날. 나를 구렁텅이로 밀어 넣고야 말겠다는 이 세상의 다짐 같은 것이 느껴지는 날.

왜일까, 하나가 안 풀리면 줄줄이 안 좋은 일들만 이어지는 것 같다. 회사에서는 말도 안 되는 일들로 혼쭐이 나고, 연인과는 다투고, 약해진 정신만큼이나 몸도 안 좋고, 어디 기댈 곳을 찾을 수 없는 날이 누구에게나 한번쯤은 찾아온다.

그런 날에도 습관처럼 발레를 하러 간다. 묵묵히 수업을 따라간다. 발레를 할 때는 아무 말도 하지 않아도 된다는 게 위안이 된다. 억지로 밝은 척, 괜찮은 척하지 않아도 된다. 그저 몸에 집중하고, 음악에 집중하다 보면 어느새 머릿속에 엉켜있던 생각은 잠시 거울 뒤로 숨는다. 더 끌어올릴 힘이 없을 것 같은 때도, 5초만 더 견디면 음악이 끝난다. 이를 꽉 깨물고 어떻게든 버터 본다. 부들부들 떨리는 그 순간에는 아무런 생각이 들지 않는다. 그저 버티겠다는 마음뿐. 그렇게 땀을 가득 쏟아내고 옷을 갈아입은 후 조용한 길을 걸어 나와 집으로 향한다. 마음이 조금은 가벼워진다.

내가 좋아하는 배우 메릴 스트립은 2017년 골든 글로브 시상식에서 다음과 같은 말로 아름답고 강렬한 연설을 끝맺었다.

"당신의 아픈 마음을 예술로 만들어라."

나라 간 장벽은 다시금 두꺼워지고, 한 나라 안에서도 세대와 계층 간 갈등과 혐오가 심한 이 시대에 메릴 스트립은 아주 우아한 어투로 미국의 언론과 정치인을 비판했다. 당시 대통령 후보였던 도널드 트럼프 대통령이 장애인 기자를 회화화하며 흉내 낸 것을 두고, 나와 다르다는 이유로 타인을 폄하하거나 혐오하는 행위를 아무렇지도 않게 자행한 것에 대해 아주 따끔한 일침을 날렸다.

　우리는 인간이기 때문에 실수한다. 남들로부터 쉽게 상처를 받거나, 반대로 날선 말로 상처를 입히기도 한다. 상처로 얼룩진 이 세상에서 예술은 인간이 인간에게 건네는 작은 위로다. 상처받은 마음, 그 아픈 마음이 예술로 거듭나게 될 때 뭇 사람들은 위안을 받는다.

　홀로 떠난 파리 여행 중 하루의 일정을 비워 파리 근교의 오베르 쉬르 우아즈라는 작은 마을을 방문했다. 인상파 화가 반 고흐가 죽기 전 두 달 동안 그림을 그린 곳이자, 그의 묘지가 있는 마을이었다. 밀밭 한가운데서 캔버스를 세우고 무한히 펼쳐진 지평선과 쏟아지는 하늘, 흘러가는 구름을 담았을 고흐를 상상했다. 고흐가 묵었던 여관의 작은 방에 들어섰다. 짧은 인생 중에서도 말년을 이 좁은 공간에서 보냈다니, 나와 아무런 연이 없는 그에게 작은 연민이 느껴졌다.

　고흐는 이 마을에서 두 달간 머무르며 무려 80점의 그림을 남겼다고 한다. 매일 하나 이상의 그림을 그린 셈이다. 살아생전 한 점의 그림만이 팔렸을 정도로 알아주는 이가 없었지만, 고흐는 매일매일 그림을 그렸다. 상처받은 내면을 스스로 도닥이며 자신을 표현할 수 있는 유일한 수단인 그림을 절대 포기하지 않았다. 그 덕분에 지금의 우리도 그의 아픈 마음이 만들어 낸 찬란한 세계에 닿을 수 있게 되었다.

파리에서 돌아온 이후로도 종종 고흐의 그림을 떠올리며, 예술이 우리의 마음을 어떻게 치유하는지 되새기곤 한다. 고흐는 아픈 마음을 붙잡고 캔버스를 펼쳤다면, 나는 조용히 가방을 챙겨 발레를 하러 간다. 아무도 내가 하는 발레를 알아주지 않지만, 발레는 내 얼룩진 마음을 매만지고 상처받은 내면을 치유한다.

사회가 고도화될수록 폭력과 증오가 날것의 모습을 숨기고, 세련된 형태로 진화한다. 차별의 언어가 유머로 인식되고, 혐오의 표현이 관습으로 받아들여진다. 상처의 칼날이 저보다 더 약한 자들을 겨누는 세상. 가끔은 다들 자신의 외로움과 아픔을 알아달라고 소리치는 것만 같다. 우리의 아픈 마음이 타인에 대한 강압과 폭력이 아니라, 세상을 치유하는 예술로 승화될 수 있을까? 우리 사회 곳곳에 폭력의 상흔과 혐오의 장벽이 아니라, 치유의 캔버스, 회복의 무대가 세워졌으면 하는 바람이다.

"선생님,
꼭 나 자신과 싸워야 하나요?"

대가

"포기하지 마세요. 나 자신과 싸움에서 포기하시면 안 돼요."

오늘도 선생님은 근력 운동에서 고군분투하는 수강생들을 향해 고운 목소리로 외치신다. 선생님의 외침과 달리 포기하고 싶은 마음이 턱 끝까지 차오른다. 1초가 영겁처럼 느껴지는 시간. 얼굴은 빨갛게 달아오르고 온몸은 부들거리며 마지막 '하나'를 향해 간다. '하나만 더 버티면 돼.' 끙끙 앓는 소리를 내며 겨우 카운트를 채우고 매트 위로 널브러졌다. 다른 수강생이 마치 내 마음을 대변하듯 이야기했다.

"선생님, 꼭 나 자신과 싸워야 하나요?"

모두가 한마음으로 웃음을 터뜨렸다. 역시, 나만 힘든 게 아니었어. 정말이지 나와의 싸움은 버티기가 힘들다. 내 몸 하나 겨우 누일 이 좁은 매트 위가 세상 그 어디보다 치열한 전쟁터가 되는 순간이다. 때로는 너무 힘들어서 종국엔 내가 꼭 이걸 해야 하나 하는 생각으로 이어지고 만다. 그러게, 우리는 꼭 이 싸움을 해야 할까?

선생님이 웃음기 가득한 얼굴로 대답하셨다.

"저도 싸워서 경쟁하고 이기고, 더 높은 자리로 올라가야 한다는 이야기를 좋아하지 않아요. 그런데 나 자신과 싸우지 않고서는 얻을 수 있는 게 없어요."

노화가 시작된 몸을 하루라도 더 어제의 상태로 유지하기 위해서는 어제보다 두 배의 노력이 필요하다는 이야기에 왠지 숙연해진다.

그렇다. 꼭 이겨야만 하는 것은 아닐 거다. 꼭 싸워야 하는 것도 아니다. 하지만 나 자신과의 약속, 내가 목표한 삶과 한 뼘 더 가까워지기 위해서는 의지를 불태워야 하는 순간도 필요하다. 그만두고 싶은 마음, 나태해지려는 자신과 싸우지 않고서는 그 어떤 것도 얻을 수 없다.

5월 셋째 월요일은 성년의 날이다. 만 19세가 되는, 민법상으로도 엄연한 성인임을 축하하는 날. 성년의 날을 맞이하기 전, 나는 이날에 대한 막연한 로망이 있었다. 아직은 고등학생 티가 채 사라지지 않은 대학 신입생 때, 한 학번 위였던 한 선배가 성년의 날이라며 빨간 장미를 들고 나타났다.

"성년이 되면 장미, 향수, 그리고 키스를 선물 받는 거래."

까맣고 긴 생머리에, 빨간 장미 한 송이를 들고 말하던 그 선배가 그렇게 어른스러워 보일 수 없었다. 낭만과 이상에 젖어 살던 스무 살의 눈엔 선배가 말한 성년의 날 전통이 어찌나 로맨틱하게 들렸는지 모른다. 성인이 되는 날, 나도 장미 한 송이를 들고 어른이 되는 기쁨을 누리리라!

1년이 지나 성년이 되는 해를 맞이할 즈음의 나는 애석하게도 장미나 향수를 선물해 줄 남자 친구가 없었다. 대신 아빠에게 빳빳한 지폐 몇 장이 들어간 용돈 봉투를 받았던 기억이 난다. 그 봉투 위에는 크고 선명한 글씨로 한 문장이 적혀 있었다.

'세상엔 공짜는 없다.'

장미와 향수, 키스의 로망을 박살 내는 이토록 현실적인 문구라니! 아빠는 늘 내게 공짜는 없다고 가르치셨는데, 심지어 성년의 날을 맞이하여 주신 용돈 봉투에도 '세상엔 공짜가 없다'고 적혀 있었다. 실용주의, 합리주의를 외치는 아빠형 애정 표현이라 생각하고 웃어넘겼지만, 생각해 보면 어엿한 사회인이 된 내가 마음속에 기꺼이 새겨야 할 가르침이었다.

조별 과제에 무임승차하는 것부터 출처 표기 없이 복사하고 그대로 붙여 넣어 제출하는 과제까지 대학 생활에도 '공짜'를 좋아하는 인간들이 꽤 많았다. 그렇게 얻는 공짜 점수로 인해 분명히 대가를 치를 것이라 믿은 내가 바보일까?

발레를 배워 보니 세상엔 정말 거저 얻을 수 있는 게 없다는 사실을 매 순간 깨닫는다. 부들부들 떨며 근력 운동을 하던 내 배 위로 희미한 선이 드러나기 시작했다. 허벅지 안쪽에는 언제 생겼는지 모를 내전근에 힘이 들어간다. 나와 싸워야만 하는 것은 아니지만, 이 싸움을 포기하지 않은 덕에 내 몸엔 전에 없던 근육이 생기고 있다. 여전히 나는 그냥 누워만 있어도 복근이 생겼으면 좋겠다는 속 빈 꿈을 꾸기도 하고, 인생은 한방이라며 로또 한 장에 얄팍한 기대를 얹어 보지만, 그렇다. 아빠 말대로, 발레가 말하는 대로 공짜는 없다. 나는 그렇게 믿는다.

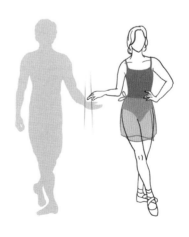

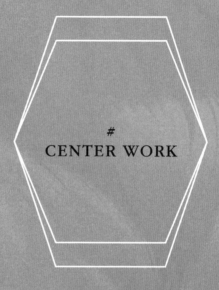

#
CENTER WORK

발레 연습의 최종 목표는 무대에서 춤을 추는 것
바를 치우고 홀(센터)에서 발레를 연습한다.
점프나 스텝, 턴처럼 공간 이용이 많은 동작을 비롯해
작품 레퍼토리를 배운다.

'나 이만큼 할 수 있어요'
하고 싶다

아라베스크

발레는 여러모로 진입 장벽이 높다. 곡예에 가까운 발레 동작들과 발레리나 특유의 인형 같은 외형은 왠지 사람을 주눅 들게 할 뿐 아니라, 이 나이에 수영복 같은 레오타드와 타이즈를 신는 것도 꽤 민망하여 '타고난 재능', '선천적 체형'이 없이는 들어설 수 없는 성역같다.

진입 장벽을 뚫고 발레를 시작했더라도, 또 다른 장벽이 버티고 있다. 아무리 꾸준히 발레를 배워도 쉽게 늘지 않는 실력과 선천적인 신체의 한계에 부딪히기 때문이다. 그래서일까, 발레 연차가 늘어도 여전히 '초보' 또는 '입문'이라는 타이틀을 붙이고 있어야 마음이 편하다. 지인들에게 발레를 배우고 있다는 것을 털어놓게 되면 '다리 찢기 돼요?', '발끝으로 설 수 있어요?'와 같은 질문이 기본적으로 뒤따르는데, 그럴 때마다 나는 '아직 초보예요'라는 말로 늘 방어할 수 있기 때문이다.

발레 특성상 주 2회로 1~2년 수업을 들은 정도야 여전히 초보임이 분명하지만, 발레를 잘 알지 못하는 대다수의 사람은 2년 이상 특정 분야에 시간과 돈을 들이고 있다면 마냥 초보로 바라보지 않는다. 그래서 '다리 찢기'와 같은 가시적인 성과를 기대하는 것일지 모르겠다. 하지만 장기적인 관점에서 긴 호흡으로 발레를 즐기는 게 아니라면 고작 1, 2년 정도야 발레에 투입한 시간과 비용에 대비해서 특별히 보여줄 만한 성과랄 게 없다. (발레로 인한 자세 교정 효과 등을 논외로 하고 말이다.)

물론 처음 발레를 배울 때에 비하면 몸이 유연해지고 잔근육도 생겼지만, 누군가에게 '나 이만큼 할 수 있어요'하고 보여줄 만한 무언가가 없다는 점은 취미 발레인으로서 늘 아쉬운 점이다. 가령, 내가 2년 가까이 목공을 배웠다면 소가구를 몇 개나 만들어 냈을 것이며, 악기를 배웠다면 적어도 노래 한

두 곡 정도는 뽐낼 수 있었을 것이고, 등산을 취미로 삼았다면 국내외 여러 산 정상에서 찍은 사진들로 앨범을 하나 만들 수 있었을 텐데 말이다.

취미 발레인으로서 욕심을 내서 나의 아웃풋으로 만들고 싶은 게 한 가지 있다면 바로 이 동작, '아라베스크(arabesque)'다. 아라베스크는 발레의 특징이 가장 잘 드러나는 동작 중 하나다. 턴 아웃과 풀업을 바탕으로 신체의 가장 긴 선을 보여 주는 우아함의 극치라 할 수 있다. 쭉 뻗은 다리와 지지하는 다리의 발등 곡선, 꼿꼿하게 세워진 등과 척추에서 느껴지는 강력하면서도 부드러운 힘이 발레의 아름다움을 선명하게 보여준다.

탄듀나 데가제, 바뜨망(battement)이나 데벨로뻬(développé) 등과 같이 대개 발레의 동작은 연속적인 움직임이기에 동적이다. 반면 아라베스크는 정지되어 있는 것처럼 보이는 정적인 동작이기에, 다른 동작에서 느낄 수 없는 고요한 분위기가 감돈다. 수평과 수직을 향해 무한히 길어지는 것 같은 선의 균형을 보여 주는 독특한 아름다움은 말할 것도 없다.

우아하고 아름다운 만큼 아라베스크를 정확하게 하는 것은 정말 어렵다. 특히 느지막이 발레를 배운 나 같은 취미 발레인에게는 더더욱. 팔다리의 유연성은 말할 것도 없으며, 한쪽 다리를 올리더라도 골반은 중립을 지켜야 하고, 지지하는 다리는 흔들리지 않도록 중심을 잡아야 하며, 척추기립근과 복근에서 나오는 강한 에너지로 상체를 들어 올려야 한다. 취미 발레인으로서 이 동작을 완성한다는 것은 하루아침에 이룰 수 없는 일이다.

집에서 가끔 아라베스크에 도전해 보는데, 다리를 힘껏 들어 올려도 겨우 30도 내지 많이 올려야 45도 정도 올라가는 듯하다. 그 와중에도 상체의 평형을 유지하려니 기립근이 우지끈하고, 골반은 자꾸 들어 올린 다리를 향해 비틀거린다. 선생님께서 늘 강조한 턴 아웃은 실종된 지 오래다.

내가 아라베스크 동작을 아름답게 취할 수 있는 날이 올까? 그렇게 된다면 근사한 배경을 뒤로한 채 아라베스크를 하고 있는 내 모습을 사진으로 찍어 둬야지. 남들이 발레에 관해 물어 보면, '취미로 하는 거라 잘하지는 못하고 이 정도 할 수 있어요'하고 능글맞게 그 사진을 보여줄 수 있었으면 좋겠다.

아라베스크 _ 한 발로 균형을 잡고 서서 다른 다리를 90도 이상 올린 자세다. 들어 올린 다리의 발끝과 반대편 팔을 길게 뻗어 신체의 아름다운 선을 보여주는 것이 중요하다.

힘을 줄 곳과
빼는 곳을 아는 일

폴 드 브라

아침이 되어 눈을 떴는데 팔 안쪽부터 손목까지의 근육이
아릿아릿했다. 잠에서 덜 깬 몽롱한 상태에서도 슬며시 웃음
이 나왔다. 아, 어제 폴 드 브라를 신경 써서 했구나. 근육통에
기뻐하다니 이 정도면 중증이다.

폴 드 브라(port de bras)는 발레에서 팔의 움직임을 의미한
다. 엄밀히 따지자면 관객이 볼 때는 팔의 움직임이지만, 무
용수의 입장에선 아주 깊은 곳에서 시작되는 상체의 움직임
에 가깝다. 몸통 중심인 코어에서 시작되어 겨드랑이 안쪽 전

거근에서 뻗어 나와 손가락 끝까지 미치는 어마어마한 에너지를, 아주 유려하고 우아하게 사용하는 것이 폴 드 브라의 핵심이다. 폴 드 브라는 팔의 모양과 위치에 따라 네 가지의 기본 자세(앙바 En bas, 안 아방 En Avant, 알라스콩 À la Second, 앙오 En Haut)가 있다.

폴 드 브라는 물속에서 움직이는 것처럼 부드럽게 움직여야 한다. 팔이 움직이지 않더라도 에너지가 정지되어 있지 않고 끊임없이 뻗어 나가야 하는데, 그렇게 하기 위해서는 어깨는 올라가지 않도록 의식적으로 내리고 팔은 더욱 길게 뽑아내며, 겨드랑이 안쪽이 움푹 파일 만큼 팔 안쪽으로 힘을 주어야 한다.

"손끝, 손목에 힘 빼세요!"

아름다운 폴 드 브라는 힘을 주어야 할 곳과 빼야 할 곳을 정확하게 아는 데서 출발한다. 평소 쓰지 않던 근육에 힘을 주려고 하니 마음처럼 쉽게 움직이지 않고, 자꾸 얼굴이나 손목에 불필요한 힘이 들어간다. 손목이나 손가락이 경직되어 바짝 힘이 들어가면 로봇처럼 보이고, 어깨에 긴장감이 가중되면 발레의 우아함은 온데간데없다. 비단 폴 드 브라만이 아니라 발레를 할 땐 힘 줘야 할 곳에 힘을 주고, 빼야 할 곳에는 힘을 빼는 것이 중요하다.

　사람의 몸은 참 우습게도 습관처럼 힘을 주면 무의식적으로 주로 사용하는 근육에 힘을 주게 된다. 잘 쓰지 않는 근육은 퇴화하여 사용하고 싶어도 힘을 주는 법을 잊게 된다. 허벅지 안쪽이나 겨드랑이 안쪽과 같이 몸 깊숙한 곳의 근육을 쓰는 법이 낯설고 어려워 나도 모르게 얼굴을 찡그리거나 애꿎은 손에 힘을 준다. 선생님의 지적에 비로소 의식적으로 손목을 탈탈 털어 힘을 뺀다.

　손목에 힘을 빼는 것만큼 어려웠던 것은 불필요한 감정으로 잔뜩 움츠러든 마음에 힘을 빼는 일이었다. 나를 사랑하는 마음, 타인을 포용하는 마음, 삶을 긍정적으로 바라보는 태도와 같은 밝은 생각에 힘을 주고 싶은데, 예상치 못하게 인생의 속도 방지턱에 걸려 넘어질 때마다 나를 갉아먹는 생각에 힘을 주게 되는 것이다. 습관처럼 붙들고 있던 내 마음의 자기혐오, 자기연민의 감정에 힘을 주지 않기 위해서 부단히 의식을 깨워야 했다.

　그러기 위해서는 먼저 직면해야 한다. 발레 선생님께서 지적하지 않으셨다면, 나는 내 얼굴이 그토록 굳어 있을 줄, 로봇처럼 손목에 힘을 주고 있을 줄 몰랐을 것이다. 내가 얼굴로 힘을 주고 있다는 사실을 알게 되는 것, 그것이 첫걸음이었다.

가고 싶었던 회사로부터 '최종 탈락'을 통보받았을 때, 아무런 의심 없이 '그럼 그렇지. 난 안 될 줄 알았어.'라고 생각하고 있는 나를 발견했다. 부정적인 감정에 한껏 심취해 자신을 비난하다가 다시 고개를 저었다. 거울에 비친 굳은 얼굴을 발견하듯, 팔 안쪽이 아닌 손목에 힘이 들어간 것을 발견하듯, 내 안에 몽글몽글 올라오는 부정적인 생각을 바라본다. 아니야, 이제 이런 우울한 생각으로 스스로 힘들어지지 말자. 힘주지 않아도 될 부정적인 생각에 스르르 힘을 뺐다. 쉽게 긍정적인 생각으로 이어지진 않지만, 의식적으로 나를 응원하는 마음에 힘을 주어 본다. '최종 면접까지 올라간 것도 대단한 거야.', '그 직장이 아니어도 내가 원하는 삶을 만들어 갈 수 있어.'

정신 승리에 가까운 자기 합리화일까? 어쨌든 긍정적인 생각에 힘을 주는 일이 나쁜 것은 아닌 듯하다. 덕분에 이렇게 글을 쓰고 있으니 말이다.

폴 드 브라 _ 발레에서 팔의 움직임을 말한다. 단순히 팔만 움직이는 것이 아니라, 등에서 시작된 에너지가 겨드랑이 안쪽 근육을 타고 손끝까지 미치도록 한다.

날아오르는 힘은
내리는 힘에 있다

그랑 제떼

겨울은 발레 하기 참 힘든 계절이다. 기온이 낮아 근육을 늘이기 어렵고, 무리하게 스트레칭을 할 경우 쉽게 다칠 수 있다. 추운 날씨로 인해 몸을 웅크리고 다니다 보니 근육이 더 뻣뻣하게 굳는다. 발레 클래스가 있는 날은 일부러 옷을 여러 겹 껴입고 간다. 히트텍, 티셔츠, 스웨터에 두꺼운 털실 양말과 목도리까지. 체온을 떨어뜨리지 않기 위해서다.

발레 수업은 플로어에서의 스트레칭과 근력 운동(floor work), 바 수업(barre work), 그리고 센터 수업(center work)으로 이어진다. 센터에서는 점프처럼 더 역동적이고 공간을 크게 사용하는 동작을 연습한다. 센터에서 몇 번 뛰고 나면 영하를 밑도는 날씨가 무색하게 금세 땀에 흠뻑 젖는다. 허리에 두른 시폰 랩스커트가 땀으로 얼룩질 정도로.

요즘은 점프를 집중적으로 배우고 있다. 학창 시절에야 체육 수업이 있으니 뛰는 일이 종종 있었지만 교복을 벗은 이후로 하늘 높이 뛰어본 일이 몇 번이나 있었을까 싶다. 서른 줄에 들어서서 점프를 다시금 배워 보니, 뜬다는 게 얼마나 큰 에너지가 있어야 하는지 새삼 절감하게 된다. 분명 선생님은 '스몰 점프(small jump)'라 하셨는데, 내 몸에서 빠져나가는 에너지의 양은 결코 '스몰'이 아니었다. 수업 후반부로 갈수록 다리는 후들거리고 허벅지가 얼얼해지니 내 동작에선 발레의 우아함은 온데간데없다.

발레리나의 점프는 볼 때마다 경이롭다. 가볍게, 높이 그리고 멀리 도약하는 점프를 보면 마치 중력의 영향에서 벗어난 사람들 같다. 발레에서의 점프는 최대한 몸 선이 길게 유지될 수 있도록 발끝까지 쭉 뻗어야 하는데, 근육이 팽팽하게 뻗을 수 있는 충분한 공간과 시간을 확보하려면 높이 뛰어야만 한다. 따라서 몸이 공중에서 머무는 체공 시간이 늘어날수록

높이 올라가기 위해선
철저히 내려가야 한다.

아름다운 점프가 완성된다.

　점프를 배우면서 느끼는 것은 높이 올라가기 위해선 철저히 내려가야 한다는 점이다. 발레는 신체의 선을 최대한 길고 아름답게 보여 주는 예술이기 때문에 근육을 길게 뽑아 쓰도록 훈련한다. 이런 까닭에 팔, 다리를 길게 늘이는 동작은 많지만 관절을 구부리는 동작이 거의 없다. 그런데도 유일하게 무릎을 굽히는 동작이 있는데, 바로 플리에다. 몸통을 판판하게 만들고 다리는 턴 아웃 하여 무릎을 구부린 채 하체만 수직으로 내려가는 동작이다.

　플리에는 대부분의 점프 앞에 자연히 선행되는 동작이다. 높이 올라가기 위해서는 플리에를 정성껏 깊이 해야 하고, 이때 축적된 에너지를 지렛대 삼아 공중으로 도약한다. 어설프게 뛰면 착지 시 지면에 닿는 충격이 온전히 무릎으로 전달되어 부상의 위험이 커지고, 무엇보다 높이 뛸 수가 없다.

　주의해야 할 점은 높이 뛰기 위해 무조건 상승하는 힘으로만 점프해서는 안 된다는 사실이다. 정수리를 하늘 끝까지 보내는 힘과 동일하게 어깨는 끊임없이 아래로 내려야 한다. 코어에 힘이 없고 풀업이 풀리게 되면 어깨도 덩달아 같이 올라가게 되는데, 그 상태에서 착지한다면 몸의 무게가 오롯이 더해져 무겁게 떨어질 수밖에 없다. 몸 안에서 끌어올리는 힘과 끌어내리는 힘이 서로를 견제하며 팽팽하게 유지할 때 가볍게 뛸 수 있으며, 도약과 착지 시에도 중심을 잃지 않는다.

몇 번의 스몰 점프를 뛰고 나니 금방 숨이 차오르고 얼굴이 상기된다. 점프의 횟수가 늘어 갈수록 정신이 아득해지지만, 높이 날기 위해서 펄쩍 뛰기만 해서는 안 된다는 선생님의 외침을 마음에 새긴다. 도약하기 위해서 깊이 내려간다. 더 높이 오르기 위해, 올라가는 힘과 같은 크기의 힘으로 어깨를 내려 본다.

날아오르는 힘은 의외로 내리는 힘에 있다는 사실. 또 한 번 발레는 내게 철학적인 느낌표를 준다. 내려간 자에게 올라갈 힘이 생기고, 한껏 올라간 어깨를 겸허히 내리는 사람만이 높이 날 수 있다.

그랑 제떼 _ 가장 크게 도약하는 점프 중 하나며, 한쪽 다리를 뻗어 높이 뛰어오른 뒤 공중에서 다리를 일자 형태로 뻗는다.

세상이 빙글빙글 돌더라도
시선은 한 곳에

푸에떼

발레 공연을 보러 가면 관객들의 박수갈채가 쏟아지는 몇 몇 동작이 있는데, 그중에 하나는 '푸에테(fouetté)'일 것이다. 푸에테 또는 훼떼라 부르는 이 동작은 프랑스어로 '채찍질하다'는 의미를 담고 있다. 단어의 의미처럼 팽이에 채찍질하듯 중심축의 한 다리로 끊임없이 회전하는 동작이다. 안정적인 무게 중심과 정확한 근육 사용이 필요한 고난도 동작인 푸에테는 1894년 이탈리아의 발레리나 피에리나 레냐니(Pierina Legnani)가 처음 시도한 동작이라고 한다. 이후 전설적인 무용수이자 안무가인 마리우스 프티파(Marius Petipa)가 〈백조의 호수〉 3막에서 흑조의 32회전 푸에테 동작을 넣게 된다. 〈백조의 호수〉에서 흑조 오딜이 32회전을 도는 화려한 푸에테는 그야말로 발레의 꽃이자, 수많은 사람들이 발레 하면 연상하는 이미지일 것이다. 토슈즈를 신고서 흔들림 없이 빙그르르 회전하는 발레리나를 보고 있으면 그야말로 경이롭다.

한 바퀴의 깨끗한 회전조차도 쉽지 않기 때문에, 연속적인 회전 동작인 푸에테는 성인 발레 클래스에서 흔히 접할 수 있는 동작은 아니다. 32회전이라니! 푸에테는 그저 보는 것으로 만족하련다. 대신 1회전이라도 정확하게 돌아볼 수 없을까? 기우뚱거리며 스트뉴(soutenu)를 연습한다.

무대 위에서 안정적으로 턴 동작을 수행하는 발레리나를 자세히 관찰하면 회전으로 몸이 돌아가더라도 시선은 일관되게 관객을 향하고 있음을 알 수 있다. 이때 객석을 향해 고정된 시선을 '스팟(spot)'이라고 하는데, 회전의 추진력을 더하는 아주 중요한 요소다. 때문에 푸에떼나 피루엣 같은 회전 동작을 위해서는 스팟 연습부터 선행되어야 한다. 거울 앞 정면 한 지점을 정해 몸은 회전하더라도 시선은 그 지점에 고정하는 것을 연습하는 것이다. 시선이 고정되면 회전 속도가 빠르거나 횟수가 늘어나도 비틀거리지 않는다. 시선이 고정되어야 회전이 탄력을 받고 멈추지 않는다.

"시선을 정면에 고정하세요!"

선생님의 설명만 들었을 때는 따라 하는 것에 큰 어려움이 없을 줄 알았다. 하지만 계속 쳐다보면 되는 것 아닌가하고 쉽게 생각했던 1분 전의 나를 욕하고 싶을 만큼, 역시나 몸은 말을 듣질 않는다. 시선을 고정하려고 해도 몸통이 돌아가니 어느새 얼굴이 따라 돌고, 시선은 갈 곳을 잃는다. 당연히 깔끔하게 회전하기는커녕 몸은 엉뚱한 방향에서 멈추고 만다. 음악이 끝날 때까지 반복해 보아도 쉽지 않다.

그러고 보면 일상에서도 한 곳만 바라보는 일은 쉽지 않다. 온 세상이 나의 관심사를 뺏기 위해, 내 시선을 조금이라도 붙들기 위해 혈안이 되어 있는 것 같다. 인스타그램에 자주 등장하는 맛집에는 언젠가 꼭 한번 들러야 할 것 같고, '유행템'으로 꼽히는 아이템은 한 번이라도 써 봐야 할 것 같다. 명소에서는 남들 다 찍는다는 인생샷을 남겨야 할 것 같고, 화제의 중심에 있는 콘텐츠는 어떻게든 보고야 만다.

현대 자본주의 사회에서 자신의 주관과 독립적인 사고의 결과에 따라, 재화와 활동을 소비하는 일이 좀처럼 힘들다. 이

물건을 가지고 있으면, 이 서비스를 경험하면, 이 콘텐츠를 소비하면, 좀 더 나은 삶이 가능하리라는 허상에 붙들려 내 시간과 돈, 에너지는 그렇게 집중된 곳 없이 흩날린다.

온 세상이 빙글빙글 돌더라도 빠르고 정확한 푸에테를 도는 발레리나의 시선은 한 곳으로 고정된다. 시선의 고정은, 흔들리는 세상 속에도 회전의 주체는 나 자신이라는 명확한 자기인식에서 출발한다.

세상은 빠르게 변한다. 세상이 나를 회전시킬 것인지, 내가 세상을 무대로 회전할 것인지는 결국 나 스스로 질문하고 답하는 성찰의 시간에서 결정되는 것일지 모른다. 흔들리는 와중에도 한 곳만 꾸준히 바라보는 것은 결코 쉬운 일이 아니다. 몸이 돌아가면 자연히 얼굴도, 시선도 몸의 방향으로 따라오듯, 환경의 움직임에 따라 내 마음이 머무르는 곳도 너무 쉽게 변한다. 스팟 연습을 하면서 생각한다. 저마다 옳다고 외치는 세상의 수많은 목소리 속에서 흔들리지 않고 바라볼, 내 시선을 고정할, 내 마음이 머무를 그곳이 어디인지. 한 곳만 끈질기게 응시하는 발레리나처럼 삶의 목표를 향한 결연한 눈빛이 더욱 간절해진다.

푸에테 _ '채찍질하다'는 의미의 동작이다. 팽이를 돌리듯 회전축이 되는 중심 다리를 두고 다른 다리로 채찍을 휘두르듯이 빠르게 회전한다.

어제의 나, 1분 전의 나,
나 자신뿐

몰입

발레는 신체의 성장이 끝난 성인이 배우기엔 여러 한계가 있는 다소 엄격한 성격의 예술이다. 게다가 '완벽'을 추구하는 장르적 특성으로 인해 성취감을 쉽사리 맛보기 힘들다. 취미 발레인은 이러한 사실을 너무나 잘 알고 있지만, 그런데도 그들의 열정은 자신이 겪어야 하는 신체적, 물리적 한계를 뛰어넘는 것을 종종 보게 된다.

주 1회로 시작한 수업이 어느덧 주 3회, 주 5회로 늘어나고, 발레 수업이 있는 날은 어떻게든 야근과 회식을 피하려고

애쓸뿐더러, 절대 다른 약속을 잡지 않는다. 평상복보다 레오
타드나 발레용품 쇼핑이 늘어나고, 여행을 가더라도 발레를 할
수 있는 곳은 없는지 찾게 되는 지독한 발레 사랑이 시작된다.

잘 안 될 것을 알면서도 즐거워하고, 아프고 괴로워도 하
게 되는 발레. 발레가 주는 매력이 무엇이길래 취미 발레인들
은 외사랑에 가까운 열정을 보이는 것일까. 발레의 매력은 여
러 가지가 있을 것이고 저마다 발레를 사랑하는 이유가 있을
테다. 그중에 요즘 내가 곰곰이 생각해 보는 발레의 즐거움은
나로부터 벗어나는 데 있다.

수업 시간 선생님의 디렉션에 따라 몸을 움직이고, 음악
을 찬찬히 느끼며, 거울 속 내 모습에 집중한다. 끊임없이 몸
속 근육 하나하나를 깨우고, 동시에 음악의 박자를 쪼개어 동
작을 완성한다. 이마에 방울방울 맺힌 땀이 어느새 어깨선을
타고 손끝으로 흘러 똑똑 떨어진다. 거울은 수많은 이들의 가
쁜 숨으로 뿌얗게 서린다. 마음처럼 움직이지 않는 몸을 다독
이며 '좀 더!'를 되뇐다.

내가 묘사한 것은 프로 발레단의 연습실이 아니라, 성인
대상의 취미 발레 클래스의 풍경이다. (프로들이라면 훨씬 더 입체적
인 감정이겠지만, 내가 강조하고 싶은 것은 취미 발레인들조차도 이토록 진지

하게 임한다는 점이다.) 이렇게 발레 수업은 또렷한 집중의 시간이자, 나를 잊어버리게 되는 몰입의 시간이다.

배우 조승우가 어느 인터뷰에서 말했다. 무대 위에 서면 나를 잊고 내 모든 걸 한순간에 집중하게 된다고, 그게 즐거움이 되고 행복이 되고 희열이 된다는 것. 발레를 배우는 동안 나 역시 그 비슷한 감정을 느낀다. 분명 힘들고 고통스럽지만 클래스 중에는 나를 잊고 그 순간에 집중하게 되는 것이다. 거기서 오는 어떤 즐거움이 계속해서 발레에 매료되게 만든다고나 할까.

"행복은 돈이나 권력으로 얻을 수 있는 것도 아니다. 행복은 의식적으로 찾는다고 해서 얻어지는 것은 아니다. 철학자 밀은 '네 스스로에게 지금 행복하냐고 물어보는 순간, 행복은 달아난다.'라고 말했다. 행복은 직접적으로 찾을 때가 아니라 좋든 싫든 간에 우리 인생의 순간순간에 충분히 몰입하고 있을 때 온다."《몰입(flow)》이라는 책을 쓴 칙센트 미하이가 저자 인터뷰에서 말한 내용이다. 행복은 인생의 순간순간에 충분히 몰입하고 있을 때 온다는 점에 고개를 끄덕이게 된다.

발레를 하는 동안 나는 다른 사람과 나를 비교하지 않는다. 비교의 대상이 있다면 일주일 전의 나, 어제의 나, 1분 전의 나, 나 자신뿐이다. 발레에 몰입하는 동안 발레를 잘하지 못하더라도 나는 자유로움과 해방감을 느낀다. 자아의 경계가 희미해지고 완전히 발레 자체에 몰입하게 될 때, 그 순간 희열이 찾아온다.

과거에 붙들리지도 않고, 미래에 마음 뺏기지 않고, 온전히 이 순간에 충실할 때, 그때야말로 우리가 행복에 젖어 드는 순간이 아닐까.

비단 발레뿐일까. 그것이 무엇이든 당신이 무언가에 몰입하고 있을 때, 나를 둘러싸고 있던 온갖 잡념의 세계에서 해방될 때, 온전히 순간에 집중하고 있을 그때 우린 우리 자신도 모르게 행복에 젖어 들게 된다. 돌아보면 어렸을 땐 시간 가는 줄 모르고 정신없이 무언가에 몰입해 있던 순간이 얼마나 많았나. 어린 시절이 지금보다 행복하게 느껴지는 것은 '몰입'의 시간이 많았기 때문일지 모르겠다. 우리의 나이가 몇이든, 직업이 무엇이든, 삶 속에서 사소한 몰입의 순간을 자주 경험할 수 있다면, 그것이야말로 행복한 삶이 아닐까.

"고통에
집중하지 마세요"

토슈즈

발레에 대한 로망의 최전선에는 '토슈즈'가 있다. 정식 명칭은 포인트 슈즈(pointe shoes)다. 발끝 부분을 여러 장의 종이를 덧대어 아교로 단단히 고정한 발레용 신발이다. 발레를 떠올리면 가장 먼저 연상되는 것이 바로 이 분홍색 고운 발레 슈즈가 아닐까. 하늘거리는 리본이 달린 새틴 소재의 토슈즈. 빨간 구두를 신으면 저절로 춤을 추게 된다는 어린 시절의 동화처럼, 토슈즈를 신게 되면 발레리나처럼 나풀나풀 춤을 출 수 있을 것만 같은 환상이 서려 있다. 광택이 흐르는 날렵한 토슈즈를 신으면 마법처럼 내 몸도 공중으로 떠오를 수 있을까.

"저도 들을 수 있을까요?"

포인트 클래스(pointe class)가 개설되고 선생님께 조심스레 물었다. 발레를 배운다면 토슈즈도 신어 봐야 하지 않겠냐는 호기로운 생각과 막연히 꿈꾸었던 로망의 실현을 위해 큰맘 먹고 포인트 클래스를 꿈꾼 것이다. 선생님의 승인(?)이 떨어지자 두근거리는 마음으로 토슈즈를 사러 갔다.

발볼이 원체 넓어 무슨 브랜드를 신어도 발이 갑갑하기는 매한가지였다. 무려 발볼 너비 XXXX 사이즈(토슈즈의 발볼 사이즈는 X, XX, XXX, XXXX로 구분된다)를 선택하고 토슈즈 속에서 발가락을 보호해 줄 파란색 토싱도 함께 구매했다. 살굿빛 광택을 띄는 토슈즈를 손에 쥐니 마치 발레리나가 된 것처럼 마음이 뿌듯해졌다.

하지만 설렘 마음은 거기까지. 수업 첫날부터 나의 로망은 완전히 부서졌다. 박살이 났다고 말하는 것이 좀 더 정확한 표현이겠다. 로맨틱한 토슈즈는 발레가 그러하듯, 우아한 외양 뒤에 숨기지 못할 고통이 뒤따른다.

처음 토슈즈를 신고 섰을 때의 그 떨림, 내 몸이 공중에 떠있는 것에 대한 경이로움을 만끽하기도 전에 발끝으로 몰리는 고통이 일순간 찾아왔다. 발이 감옥에 갇히면 이런 느낌일까? 발을 옥죄는 듯한 고통과 괴로움에 얼굴은 사색이 되고, 몸은 부들부들 떨린다.

발끝으로 몸을 지탱하기 위해서는 발등이 충분히 나와야 한다. 발목에서 발등으로 이어지는 부드러운 곡선이 나오기 위해, 발레를 배우기 이전에는 한 번도 생각해 본 적 없는 발등 스트레칭을 시작한다. 발등도 스트레칭이 필요할 줄 누가 알았으랴. 발등을 꺾는 고통이 얼마나 처절한지 해 보지 않은 사람들은 모를 것이다.

비단 발끝과 발등의 고통만이 문제가 아니다. 최대한 하중을 줄이기 위해서는 몸의 중심 근육을 끌어올려 팽팽한 상태를 유지해야 한다. 풀업과 턴 아웃이 이루어지지 않으면 금세 발끝의 중심이 무너지고 마니까.

그 때문에 토슈즈에 적응하지 못한 내 모습은 우아한 백조보다는 뒤뚱거리는 오리에 가깝다. 엉거주춤하게 서 있는 내 모습은 예술이라 하기엔 부끄러운, 생존을 위한 몸부림이라고나 할까.

지면에 닿고 있는 것은 오로지 나의 발끝뿐인 상태에서 플리에(plié), 를르베(relevé), 파쎄(passé) 등의 동작으로 이어진

아픔에 의연해질 수 있다면,
세상살이에도 좀 더 성숙하게
대처할 수 있을까.

다. 일순간 내 표정은 일그러지고 만다.

"고통에 집중하지 마세요!"

선생님께서 거울을 통해 나를 바라보며 외친다. 발끝에 느껴지는 감각에 온통 마음이 빼앗겨 집중이 흐트러진 내 모습을 간파당한 것이다. 고통에 집중하지 않는 것이 가능할까? 손가락에 가시 하나만 박혀도 온종일 손가락만 신경 쓰이는 것이 사람 아닌가. 어떻게 고통에 둔감해질 수 있을까? 아픔에 의연해질 수 있다면, 세상살이에도 좀 더 성숙하게 대처할 수 있을까.

토슈즈를 신는다. 고통에 눈을 감는다. 인간의 본능을 거부한다. 중력의 법칙을 거스른다. 발레는 나를 둘러싼 무겁고 암묵적인 세계에서 벗어나고자 하는 움직임이자, 이제껏 너무도 당연히 여긴 모든 법칙으로부터 의식을 깨우는 행위다.

고통에 집중하지 말라는 말은 고통에'만' 집중하지 말라는 뜻일 테다. 우리가 한걸음 발전하고 성장하는 데에 필수적으로 수반되는 고통이 있다. 하지만 그러한 고통에만 집중하게 된다면 쉽게 나약해진다. 고통에 함몰되면 일어설 수 없다. 나를 아프게 하는 감각에만 눈길을 주지 말고, 고통을 딛고 서서 나를 발전시키는 데에 그 에너지를 힘써 보자.

발끝으로 서 있는 나를 보게 될 것이다.

눈에 보이지 않는 것을
연습하기

정신적인 예술

발레에 재미를 붙이고 난 이후 '발레' 소재의 영화는 고루 찾아보고 있다. 유명한 〈빌리 엘리어트〉(Billy Elliot, 2000), 〈블랙 스완〉(Black Swan, 2010) 외에도 발레 영화는 제법 있다. 아마도 발레라는 소재는, 화려한 무대 뒤에 가려진 치열한 연습과 경쟁 등 여러모로 극적인 요소를 가지고 있기 때문일 것이다. 그중에서 꽤 재미있게 본 영화는 〈퍼스트 포지션〉(First Position, 2011)이다. 앞서 언급한 〈빌리 엘리어트〉나 〈블랙 스완〉과 다른 다큐멘터리 영화로, 실제 발레리나, 발레리노를 꿈꾸며 콩쿠르를 준비하는 6명의 지망생의 일과를 그린다.

영화에 나오는 장면 중 인상적이었던 것은 발레 연습을 하던 한 남자아이가 한 말이었다.

"더는 못하겠다 싶을 때도 다섯 번 더 하고 끝을 내죠. 죽도록 열심히 하고 마음을 다지면 기분이 좋아져요. 그리고 집에 돌아가면 온몸이 다 쑤셔요."

아직 사춘기도 겪지 않은 듯 보이는 아이가 한 말지만, 이 아이의 말은 발레의 많은 부분을 담고 있다는 생각이 들었다. 더는 못하겠다 싶을 때 놓아 버리는 게 나라면, 발레를 하는 사람들은 그 지점에서 다섯 번을 더 한다. 성질이 무른 나는 플랭크 1분도 채우기 버거워 무너지기 일쑤인데, 근력을 다 쏟고도 정신력으로 버텨내는 이 세계의 사람들이 때론 무섭기까지 하다. 발레의 세계를 훔쳐보는 정도에 불과한 취미 발레생이지만, 가끔 궁금할 때가 있다. 독한 사람들만이 발레를 할 수 있는 것인지, 아니면 발레를 하다 보면 독해지는 것인지 말이다.

발레 영화 이야기를 꺼냈으니 하나 더 말해 보자면, 넷플릭스에서 보게 된 〈그녀의 춤은 끝나지 않았다〉(Restless Creature, 2016)라는 영화도 지나칠 수 없다. 이 다큐멘터리 영화에도 지독한(?) 발레리나가 등장한다. 〈그녀의 춤은 끝나지 않았다〉는 뉴욕 시티 발레단에서 30년간 춤을 추었던 수석 무용수 '웬디 휠런(Wendy Whelan)'의 마지막 공연을 추적한다. 그녀는 47살의 나이까지 뉴욕 시티 발레단에서 주역 무용수로 활동하는데 무용수로서의 신체적 한계와 나이, 발레단 내부의 압박 속에서 은퇴 무대를 준비하게 되는 이야기다. 나이 든 그녀를 바라보는 주변 사람들의 시선과 본인 스스로의 자책 속에서도 쉽게 시들지 않는 그녀의 강인하고도 꼿꼿한 정신력, 그리고 무대를 사랑하는 마음에 감탄하게 된다.

발레가 재밌는 점은 관중, 즉 타인을 위한 춤을 추기 위해 자신의 내면을 끊임없이 파고들어야 한다는 점이다. 그 때문에 요가처럼 '수련'을 목적으로 탄생한 운동이 아닌데도, 발레를 하고 있으면 의도치 않게 자기 성찰의 지점에 이르게 된다.

발레는 근육의 깊은 곳을 움직여야 한다. 겉으로 드러나는 근육, 쉽게 만져지는 근육이 아닌, 일상생활에서는 그곳에 있으리라 생각지도 못했던 몸속 깊이 자리하고 있는 근육을 섬세하게 쓸 수 있어야 한다. 보이지 않는 근육을 찾아내고, 그것을 뜻대로 움직일 수 있을 정도로 훈련하기 위해서는 각고의 노력이 필요하다. 시간과 정성, 땀과 고통이 없이는 쉽게 얻을 수 없다. 마사 그레이엄(Martha Graham)은 원숙한 무용수가 되기까지 10년의 세월이 필요하다고 했다. 그녀의 말에 따르면 최소한 10년은 꾸준히 땀과 눈물을 흘려야만 무대의 영광을 누릴 수 있는 예술이다. 이러한 까닭에 발레라는 예술은 사람을 어떠한 극의 지점으로 이끌고 가는 게 아닌가 생각해 보게 된다.

발레에서 완벽한 동작을 위해서는 몸의 근본적인 움직임을 이해해야 한다. 움직임이 시작되는 지점, 에너지의 근원, 힘의 뿌리를 파악하고 그것을 활용할 수 있어야 한다. 자기 몸을 이해하지 않고, 탐구하지 않고서는 얻을 수 없는 통찰이다.

발레가 흥미로운 또 다른 이유는 발레 동작의 상당수가 형이상학적인 이미지나 추상적인 표현을 몸으로 체화할 것을 요구한다는 점이다. 가령 폴 드 브라의 알라스콩(a la second) 자세를 설명하면서 '어깨에서 누군가 구슬을 하나 굴리면 팔의 곡선을 천천히 따라 굴러 내려와 두 번째 손가락과 세 번째 손가락 사이로 떨어질 수 있도록' 팔의 포즈를 만들 것을 지시한다. 그러면 사람들은 상기의 이미지를 상상하면서 팔을 손가락 끝까지 길게 뻗는 것이다. 풀업 역시 마찬가지다. '누군가 천장에 실을 달아 정수리에 연결해 놓은 것처럼 뒷목을 팽팽하게 만들고, 호흡을 끌어올려 머리 위에 두라'는 말을 듣는다. 눈에 보이지 않는 호흡을 머리에 둔다는 표현이 재미있지만, 실제로 이를 연상하면서 연습하는 일은 결코 쉬운 일이 아니다. 눈에 보이지 않는 호흡을 머리에 끌어올리는 '추상의 구상화'를 연습하는 것이기 때문이다.

발레는 무대 위에서 관객들에게 선보이는 화려한 예술이지만, 발레의 세계에 들어선 내가 느끼는 것은 무대 밖에서 보는 것보다 훨씬 내면적이고 정신적인 예술이라는 점이다. 자신을 이해하고 근원에 대한 통찰이 필요하다는 점, 고통을 딛고 자기를 극복해야 한다는 점, 추상적 세계의 아름다움을 물리적 한계를 지닌 몸으로 표현한다는 점에서 그야말로 지독한 예술이다. 지독한 사람이 발레를 하는 것인지, 발레를 하면 지독해지는 것인지는 '닭이 먼저냐, 달걀이 먼저냐'와 같은 어리석은 질문에 불과하다. 분명한 것은 이 지독한 점이야말로 발레의 진정한 매력이라는 점이다.

감사와
존중을 담아

레베랑스

"차렷, 경례!"

요즘도 학교에서 이렇게 인사하는지 모르겠다. 학창 시절을 되돌아보면 늘 인사를 시작으로 수업이 시작되곤 했다. 습관처럼 꾸벅거리면서 인사를 했던 시간을 곰곰이 곱씹어 보니, 가르침과 배움의 시작은 서로를 존중하는 마음에서 출발하는 것이라는 생각이 든다. 그 때문에 모든 수업에서 선생님과 학생이 서로에게 인사를 하는 일은 생략할 수 없는 의식이 아닌가 한다. 형식처럼 느껴지는 것 같아도 수업 전후의 인사는 가르치는 사람이나, 배우는 사람이나 수업에 대한 태도와 마음가짐을 정돈하게 한다.

발레의 역사는 길다. 무려 16세기부터 시작되어 21세기 지금까지 살아남은 예술이라고 한다. 그 뿌리가 궁중 예술에 있기 때문인지 발레는 다소 보수적인 성향이 짙은데, 특히 클래스 예절과 무대 매너가 중요한 것도 이 때문일 것이다.

취미 발레를 시작한 사람들이 쉽게 범하는 실수가 바로 클래스 예절을 모르거나 과소평가해서 발생하는 경우가 많다. 발레 클래스 역시 인사로 시작해서 인사로 끝나는데, 이때의 인사를 '레베랑스(révérence)'라고 한다. 클래스 선생님과 제자 간의 감사 인사이자 제자들이 서로 존중을 표하는 방법이기도 하다. 발레의 처음과 끝이기 때문에 발레 수업이 끝나고 아무리 바쁜 일이 있더라도 헐레벌떡 뛰어나가지 말고 레베랑스, 즉 인사를 잊지 않는 것이 중요한 클래스 매너다.

레베랑스는 무대를 끝낸 발레리나와 발레리노가 관객들을 향해 바치는 인사이기도 하다. 발레 공연을 보러 가면 공연이 끝나고 나서 출연한 무용수들이 모두 나와 몇 번의 커튼이 오르내리도록 인사를 한다. '레베랑스'는 수업에서뿐만 아니라 발레 공연에서도 중요한 부분이다. 긴 공연 시간을 함께 지켜봐 준 관객에 대한 감사의 인사이자, 관객으로서는 아름다운 예술을 선보인 무용수들에 대한 존경의 표시이다.

무엇이든 편하고 빠르게 얻을 수 있는 시대에 살면서 일상에서 감사와 존중의 마음을 갖는 일이 점차 어려워진다. 우리 집은 지하철역에서 15분 정도 걸어 올라가야 하는 언덕에 있는데, 15분 간격으로 마을버스가 지하철역과 집 사이를 오간다. 평소처럼 영혼 없는 얼굴로 터덜터덜 버스에 올라타서 생각 없이 앉아 있다가 버스가 집 앞에 다다르자 내릴 준비를 했다. 내 앞에 앉아 있던 조그만 여자아이도 나보다 앞서 버스 문으로 이동했다. 그러더니 내리려다 말고 기사석 쪽으로 고개를 숙이며 '감사합니다.' 하고 인사를 한 후에야 버스에서 내렸다.

기사 아저씨를 향한 아이의 인사가 불쑥 내 마음으로 침투했다. 누군가의 희생과 수고 없이 일상의 편리를 누릴 수 없는 시대에 살면서도, 감사의 마음은 너무도 쉽게 증발하고 만다. 미세먼지로 불투명해진 세상만큼이나 건조하고 황폐한 마음 아닌가.

왠지 인사하는 게 쑥스럽기도 하고 귀찮기도 해서 눈도 마주치지 않고 헐레벌떡 타고 내렸던 내 마음 깊숙한 곳엔 '저 사람도 돈 받고 하는 일인데 뭘.'이라는 얄궂은 생각이 스스로의 행동에 당위성을 부여하고 있었다. 일상에서는 인사를 잘하지도 않고, 불만과 부정적인 생각을 품고 있다가 클래스에서는 우아한 레베랑스를 하기 위해 용을 썼던 나 자신이 부끄러웠다.

발레 클래스에서 멋진 아라베스크, 아름다운 폴 드 브라, 날렵한 점프, 우아한 레베랑스를 하려는 노력만큼이나 내 삶을 우아하고 아름답게 만들려는 노력이 있었던가? 그러고 보면 발레는 클래스에서만 동작을 아름답게 한다고 완성되는 것이 아닌 듯하다. 함께 바를 움직이고, 거울을 나눠 쓰고, 서로의 몸이 닿거나 해하지 않을 정도의 간격을 유지하는 모든 행위가 나와 함께 춤을 추는 사람들을 배려하는 마음에서 출발한다. 이러한 매너가 없다면 암만 아름답게 춤을 춘다 해도 의미 없는 움직임에 그치는 것이 아닐까?

치열한 경쟁 사회에서 감사와 존중을 표하는 레베랑스를 비롯해 나와 타인 사이의 거리를 배려하는 발레 매너가 마음에도 스며든다면, 발레뿐만 아니라 나의 일상도 발레 클래스처럼 우아해지리라.

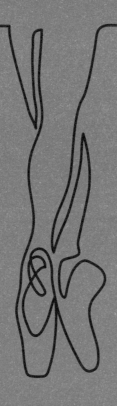

PART 3

발레리나는 아니지만,
내 삶의 예술가다

발레를 하는 시간만큼은
오로지 나 자신이 된다

　취미로 발레를 하다 보면, 발레의 엄격한 룰을 따라가지 못하는 내 몸에 속상할 때가 많다. 예술에 있어 어설픈 재능은 재앙이라고 했던가. 하지만 취미로 발레를 배울 때는 그 어설픈 재능마저 간절해진다. 도저히 구원받을 길 없는 내 몸은 수없이 고통과 좌절을 되뇐다.

　그런데도 등 뒤로 맺히는 땀방울, 가슴팍으로 흐르는 열기, 자기와의 싸움이 처절해질수록 더욱더 뽀얗게 변하는 거울을 앞두고 마음속에 숨어 있던 예술에 대한 열정과 희열이 피어오른다.

나는 왜 이토록 발레를 잘하고 싶은 걸까. 일이 아니면 뭐든지 다 재밌게 느껴지는 청개구리의 심정일까. 이게 뭐라고 나는 시간과 돈과 열정을 쏟아붓는 것일까.

소설가 김연수는 말했다.

"시를 읽는 즐거움은 오로지 무용(無用)하다는 것에서 비롯된다. 하루 중 얼마간을 그런 시간으로 할애하면 내 인생은 약간 고귀해진다."

김연수 작가의 삶에 시가 있다면 나에게는 발레가 있다. 그의 말처럼 때로는 아무런 경제적 효용이 없어 보이는 활동이 오히려 삶을 충만케 만든다. 발레를 잘한다고 해서 월급이 올라가는 것도 아니요, 카드값이 해결되는 것도 아니지만, 발레를 하는 시간만큼은 오로지 나 자신이 된다. 스스로의 한계에 도전하고, 아름다운 선율에 몸을 맡기며, 손끝부터 발끝까지 모든 감각을 일깨우면서 나 자신에 충실해지는 것이다.

자본주의의 관점에서 쓸데없어 보이는 작은 일들, 가령 시를 읽거나, 눈을 들어 하늘을 잠깐 바라보거나, 꽃에 물을 주는 것. 또는 그리 고상한 것은 아니라도 우리가 '덕질'이라 부르며 시간과 정력을 낭비하는 행동이 외려 우리 삶에 충만한

기쁨을 안겨준다면, 그것은 낭비가 아니라 투자라고 불러야
할 것 아닌가.

　가끔은 나 스스로도 이해 가지 않는 발레에 대한 열정은,
고귀한 삶을 향한 무의식의 발로일지 모르겠다.

되돌아보고 질문해야
'재충전'이다

취미 발레를 시작한 지 만으로 꼬박 2년을 채웠을 때, 나
는 건강상의 이유로 불가피하게 발레 휴식기를 갖게 되었다.
취미 생활을 잠깐 멈추는 일을 이렇게까지 비장하게 쓸 일인
가 싶지만, 2년 동안 꾸준히 무언가에 매진했다는 사실이 매
우 뿌듯하다. 그만큼 발레에 대한 나의 애정은 두터웠다. 꾸
준히 해도 늘지 않는 실력에 때론 속상해하기도 하고, 발레리
나처럼 길쭉길쭉 늘씬하지 않은 내 몸에 불평하기도 했지만
말이다.

그런 작은 불평 거리가 있다 한들 발레를 하는 시간만큼은 내면에서 작은 불꽃 같은 열정이 피어오르는 것을 느낄 수 있어 즐거웠다. 그래서 자의가 아닌 타의로 두세 달 쉬어야만 하는 것이 몹시 내키지 않았다. 하지만 우리 삶이 그러하듯, 때로는 그렇게 쉬어 가야 하는 시점이 있기 마련이다.

그사이 나는 한 차례 수술을 치렀다. 사지를 마음대로 움직일 수 없을 때 사람의 자존감이 얼마나 얄팍해지는가를 절절히 느끼면서 며칠간 병상에 누워 시간을 보냈다. 침대에 가만 누워 있으니 발레리나처럼 아름답게 추지는 못하더라도 센터에서 점프를 하고, 입김으로 뽀얗게 변한 거울을 뚫어져라 바라보며 스팟 연습을 했던 시간이 그리워졌다. 막상 발레를 하는 동안은 좀 더 잘하고 싶은 마음만 가득했지, 내 몸을 자유롭게 움직이는 것이 얼마나 감사한 일인지에 대한 생각은 하기 어려웠다. 오히려 좀처럼 유연하게 움직이지 않는 다리와 좀 더 버텨 주지 못하는 근육에 불평하곤 했을 뿐. 몸 이곳저곳 피통과 링거줄이 대롱대롱 달려 있고, 누군가 부축해 줘야 몸을 일으킬 수 있는 상태가 되어 보니, 그간 감사한 마음 없이 좀 더 사랑해 주지 못했던 내 몸에 미안해진다.

취미에도 '쉼'이 필요할까? 쉬어 보니 알 것 같다. 무슨 일이든 추진력을 얻기 위해서는 때론 한 호흡 멈춰 서는 일도 필요하다는 것을. 좀 더 나아가기 위해서는 성찰의 시간도 필요하다는 것을 말이다.

쉬어 가는 동안 다시 되돌아본다. 내가 움직일 수 있는 원동력에 대해, 그리고 나를 둘러싼 모든 환경을 돌아보며 스스로에게 물어 본다. 발레를 하는 이유는 무엇일까? 발레를 한다고 내 삶이 더 나아질까? 내가 발레를 꾸준히 한다고 누군가 알아줄까? 그게 세상을 좀 더 좋게 바꾸는 길인가? 그만큼 가치 있는 일인가? 취미 생활치고는 너무 거창한 질문일까? 하지만 우리가 말하는 '재충전'은 이런 질문 앞에 스스로를 내던져 보는 데서 시작되는 것이 아닐까.

길다면 길고, 짧다면 짧은 발레 휴식기를 보내면서 확신하게 된 것은 발레는 서른 줄에 접어든 나도 어린아이 같은 순수한 열정을 불태울 수 있다는 것을 알게 해 주었다는 점이다. 그렇게 나를, 내 삶을 좀 더 사랑하는 법을 배우고 있다는 점이다. 얼른 다시 발레 클래스로 돌아가고 싶다.

고통의 순간에 더 뻗으면
근육이 생긴다

퇴근 후, 일주일에 총 두 번 발레 수업에 간다. 그마저도 회사의 갑작스러운 야근 혹은 회식이 있을 때마다 결석을 면치 못하니, 평일에는 최대한 약속을 잡지 않으려고 한다. 불가피하게 하루만 빠져도 아쉬운 마음이 들어 집에서 홀로 코어 운동을 해 보기도 한다. 발레에서 가장 핵심적인 역할을 하는 복근, 기립근, 둔근 운동과 가벼운 스트레칭을 하는데, 함께 하는 이 없이 스스로 하려니 끈기 있게 되지 않는다. 아예 드러누워 퍼져 있는 것보다는 낫겠지 하는 마음으로 몇 가지 동작을 한 후 잠이 든다.

발레를 배우는 1년 동안 한 번도 수업 시간이 길게 느껴진 적이 없었는데, 이상하게 다음날 찾아간 발레 수업은 평소보다 더 길게 느껴졌다. 날씨와 무관하게 가슴팍에 땀이 송골송골 맺히기 시작하더니, 본격적으로 근력 운동을 하자 얼굴선을 따라 땀방울이 흘러내렸다.

발레에 있어 가장 기초적이면서도 중요한 두 가지는 누차 언급했듯 풀업(pull up)과 턴 아웃(turn out)이다. 풀업은 뱃속부터 정수리까지 천장을 향해 끌어올리되, 어깨는 아래로 내림으로써 어떠한 동작을 취하든 상체를 꼿꼿하게 유지하는 힘이라면, 턴 아웃은 엉덩이 깊은 곳의 근육을 외회전시켜 고관절과 허벅지부터 발끝까지 다리 전체의 방향이 바깥을 바라볼 수 있도록 돌리는 힘을 말한다.

문제는 이 두 가지 자세 모두 일상생활에서 거의 사용하지 않는 근육이 필요하다는 점이다. 이런 까닭에 발레를 처음 배우는 사람은 기본자세만 유지하려 해도 몸이 달달 떨리고 땀이 삐질삐질 나게 된다.

나는 선천적, 후천적 요인을 모두 합쳐 발레와 어울리지 않는 몸인데, 특히 고관절을 외회전시키는 턴 아웃이 너무나

계속하면 될 가능성은 1%라도 생기지만,
중간에 포기하면 가능성은 0%.

어렵다. 게다가 척추측만증이 있어 신체의 왼쪽, 오른쪽 균형이 안 맞는데, 발레를 하면 일상 속에서 잊고 있던 내 몸의 불균형을 확실히 느끼게 된다. 스트레칭을 할 때 오른쪽 골반이 더 뻑뻑하다거나, 다리를 들 때 오른쪽 다리가 더 무겁게 느껴진다거나.

어른이 되어 배우는 발레는 이렇다. 마음처럼 움직여 주지 않는 몸을 이끌고 부들부들 떨면서 수업을 따라간다. 어쩌겠나, 지금의 내 몸은 여태껏 내가 살아온 삶의 행적 아닌가. 그렇다면 지금이라도 아끼는 마음으로 돌보아야겠지. 도무지 동작을 따라 할 수 없을 것 같을 때마다 내 마음속엔 의문이 피어오른다. 내 생애 턴 아웃이 되는 날이 올까? 글쎄, 답은 아무도 모른다. 내가 아는 것은 단 하나. 계속하면 될 가능성이 1%라도 생기지만, 중간에 포기하면 가능성은 0%라는 것. 그렇다면 난 1%의 가능성이라도 택하겠다. 그렇게 시간의 힘을 믿고 꾸준히 하는 수밖에.

월요일 저녁, 발레 수업을 취소하면서 급하게 만난 친구는 나를 만나자마자 펑펑 눈물을 쏟았다. 위로를 잘하는 성격이 아니라서, 말없이 우는 친구의 눈물이 멎을 때까지 가만히 기다렸다. 이런저런 이야기를 나누다가, 요즘 내가 발레를 하면서 느낀 점을 이야기해 주었다.

"발레 선생님이 고통의 순간에 더 뻗으라고 하시더라. 그래야 근육이 생긴대. 지금 너무 힘든 그 순간이 기회일 거야."

무언가를 이룬다는 게 때론 아득하게 느껴진다. 뭔가 해보려고 해도 잘되지 않을 때. 노력의 응답이 어디서도 오지 않을 때. 그 순간에 포기한다면 우린 성공의 가능성을 완전히 접어 버리게 되는 것일지도 모른다. 1%의 가능성에라도 기대어 노력하는 사람에게는, 적어도 1%의 결실은 있지 않을까.

친구에게도, 나에게도 이 시간이 삶의 근육이 만들어지는 순간이었으면 한다.

내 일상이
무대가 될 수 있다

삶의 아름다움이란

대단한 사건이 아닌 소소한 것들에 있다.

- 짐 자무쉬

짐 자무쉬 감독의 영화 〈패터슨〉(Paterson, 2016)은 반복되는 일상에서 예술적 영감을 놓치지 않고, 매일 시를 쓰는 평범한 버스 기사의 아름다운 일상을 보여 준다. 미국 패터슨이라는 소도시에 사는 '패터슨'은 버스 기사라는 본연의 직업에 충실하면서도 틈틈이 시를 쓰고 있다. 마치 동일한 기하학적 무늬가 반복되는 잘 직조된 카펫을 연상시킬 정도로, 그의 일상은 규칙적으로 굴러간다. 매일 비슷한 시간에 일어나 회사로 향하는 조용한 출근길에서 패터슨은 시상을 구체화한다. 버스를 운전하기 전 그는 마음속에 품고 있던 시의 구절을 비밀 노트에다 옮겨 적는다. 퇴근 후에는 아내 로라와 저녁을 먹고 반려견 마빈과 산책을 하다 동네 펍에 들러 맥주 한 잔으로 하루를 마무리한다.

영화는 시의 운율 미를 보여주듯 패터슨의 일주일을 차례대로 나열한다. 비슷해 보이는 일상이지만 매일 똑같은 하루는 없다. 마치 영화 속에서 자주 등장하는 '쌍둥이'라는 존재가 외양은 비슷해 보여도 각기 다른 존재임을 은유하듯 말이다. 패터슨은 반복되는 일상에서 시적 감수성을 포착하고 그것이 그냥 흘러가도록 놓치지 않는다.

비슷한 일과가 반복되어도 그의 삶이 무료해 보이지 않는 것은 일상의 조각조각을 꿰는 창작의 희열과, 삶을 함께 일구어 가는 로라와의 사랑과 유대 때문이 아닐까 생각한다. 그의 아내 로라 역시 집 안의 벽과 커튼, 패터슨을 위한 도시락과 저녁 메뉴, 동네 플리 마켓에서 판매할 컵케이크 등 일상을 재료

사람에게 감동을 주는 예술은
'직업'으로 한계 지을 수 없다.

로 끊임없이 창의력을 발휘하고 예술성을 실현한다. 이처럼 이 영화를 보고 있으면 예술이 선택받은 자만이 할 수 있는 비범한 것이 아니라, 매일 아침 눈을 뜨고 밥을 먹는 것처럼 누구나 할 수 있는 것이라는 자신감을 얻게 된다.

어린 시절에는 발레리나를 꿈꾸었고, 일기장에 동시를 끄적이며 시인이 되기를 바라기도 했고, 종이 인형에 옷을 갈아입히다가 디자이너가 되겠다고 마음먹은 적 또한 있었다. 여러 차례 장래 희망은 바뀌었지만, 지금 생각해 보면 무언가를 창조하고 나만의 양식을 가꾸어 가는 것만큼은 내 안에 있던 숨길 수 없는 욕심과 꿈이었다.

그랬던 내가 어쩌다 보니 그간 바랐던 창조와 예술의 대척점에 가까운 경제학을 전공하게 되었고, 시적 감수성이라고는 찾아보기 힘든 행정적인 문서와 길게 나열된 숫자들을 대하는 삶을 살고 있다. 창조와 아름다움을 구상하는 일과는 이토록 거리가 먼 일상이 가끔은 따분하고 무료해질 때가 있고, 내가 꿈꾸었던 미래는 어디로 간 것인지 회의가 일기도 한다.

패터슨은 반복되는 일과 속에서 시를 쓰기 시작했다면, 모노톤의 칙칙한 내 일상에 조금씩 색을 덧입혀 준 것은 어릴 적 꿈이었던 발레를 시작하게 되면서부터다. 일주일 중 두 번.

야근과 회식을 피해서 겨우겨우 듣게 된 성인 발레 수업에서 그동안 잊고 지냈던 어린 날의 꿈을 조금씩 상기하게 되었다.

엄격하고도 어려운 발레 동작에 늘 고군분투하지만, 클래스에 들어가는 순간부터 나름의 예술혼을 불태우고 있다. 약간의 감정이 담긴 손끝, 파르르 떨리는 어색한 표정 속에서 나만이 표현할 수 있는 아름다움을 담아내어 본다. 마치 예술가가 된 것처럼.

영화 〈패터슨〉의 주인공인 패터슨은 자신은 시인이 아니라고 손사래 치지만, 관객들은 매일 시를 쓰는 그의 일상이 패터슨의 예술가적 정체성을 분명히 증명하고 있음을 알게 된다. 패터슨과 같이 평범한 일상에서 성실하게 예술적 감성을 길어 올리는 사람으로부터 오히려 짙은 진정성을 느끼는 것처럼, 사람에게 감동을 주는 예술은 '직업'으로 한계 지을 수 없다. 그런 점에서 누구나 진실 어린 마음으로 임한다면, 성인이 되어 발레를 배우는 사람도, 취미로 발레를 시작한 사람도 예술가가 될 수 있는 법이다.

발레를 사랑하게 된 이후로 클래스를 벗어나 일상에서도 야금야금 발레를 시도해 본다. 발레는 무대에 오르는 예술이다. 하지만 나는 발레를 배우는 동안 무대를 생각해 본 적이 없다. 무대에 오를 만큼의 자신감도, 야망도 내게는 없다. 다만 지금 내가 살아가는 여기, 나의 일상이 무대가 될 수 있다는 생각을 해 보곤 한다.

길을 걷다가 앞뒤로 사람이 없는 것을 살피고 제떼를 뛰어 본다. 내친김에 앙트르샤도 몇 번 시도해 본다. 만원 버스 안에서 흔들림 없는 꼿꼿한 목과 스퀘어를 유지하며 풀업을 연습한다. 사무실에 앉아 열심히 키보드를 두드리다가 책상 밑으로 다리를 슬그머니 들어 턴 아웃해 본다. 백깜블레(cambre back)를 연습하다 누구라도 눈이 마주치면 헛기침을 하며 기지개를 켜는 시늉을 한다.

나는 발레리나가 아니다. 결코 발레리나는 될 수 없을 것이다. 하지만 패터슨과 같은 삶은 살 수 있지 않을까? 소박한 일상을 변주하며 예술을 실천하는, 삶 자체가 예술이 되는 단순하고도 진실한 모습의 패터슨처럼 말이다. 발레는 이런 나의 꿈을 펼칠 수 있는 작은 길이 되어 주고 있다. 우린 모두 예술가다. 누구도 흉내 낼 수 없는, 각자의 아름다운 춤을 추고 있는.

변하지 않는 것 같아도,
무엇이든 남는다

숫자를 그다지 좋아하지 않는 내가 경제학을 전공했던 이유는 빈부 격차와 부의 분배에 대한 관심 때문이었다. 가난한 나라는 왜 가난한 것인지, 어떻게 하면 기아를 근절할 수 있을지에 대해 알고 싶었다. 그 관심의 연장선으로 대학을 졸업할 무렵, 국가 간 교육 격차를 줄이는 국제 협력 사업을 하는 사단법인에서 6개월간 인턴으로 일한 적이 있다. 세상에 무언가 기여하고 싶다는 순수한 마음 하나로, 요즘 말하는 '열정 페이'를 받으며 좁은 사무실에서 밤낮없이 6개월을 일했다. 경제적

보상이 충분치 않아도, 워라밸이 보장되지 않아도, 좋은 일을 하고 있다는 사실만으로 충분히 노동의 동력을 가하던 시절이었다.

문제는 6개월 동안 무한 동력일 것 같던 열정 엔진에 기어코 찬물을 끼얹는 사람들을 만나면서부터 생겼다. 직원을 사유 재산처럼 이용하는 갑질하는 사람들, 좋은 일을 하고 싶다는 누군가의 선한 마음으로 자신의 이득을 취하는 사람들, 나는 신문에서나 보아 왔던 갑의 횡포를 인생 처음으로 겪고 있었다. 구체적으로는 직원들을 동원해 근무 시간에 자신의 집 정원을 꾸미기 위한 돌을 나르게 하는 간부부터 기아 근절을 논의하는 포럼에 참석하러 와서 마사지 업소를 추천해 달라고 요구하는 교수까지, 표리부동한 사람들을 마주치게 될 때마다 순진한 열정에 쉽사리 금이 갔다.

무엇보다 내 안에 선명한 날을 세우고 있던 정의감은 인턴이라는 불안정한 지위에 짓눌려 조금씩 무뎌져 가고 있었다. 결국 인턴에서 정직원으로 전환 제의를 받는 시기에 일을 그만두기로 마음먹었다. 꿈에 조금 더 가까워졌다고 기뻐했던 나는 정확히 6개월 후, 세상과 사람들에 대한 회의로 지쳐 있었다. 대학 동기들이 하나둘 공무원 시험공부와 대기업에 취직하기 시작할 때, 나는 소중한 젊은 날을 낭비한 것 같아 스스로 초라해졌다.

그런 내게 위로가 되었던 것은 '퇴동 모임'이었다. 비슷한 시기에 퇴사를 결정한 몇몇 동료들이 퇴사 동기가 된 것을 자축하며 모이기 시작한 것이다. 이들은 퇴사가 내 인생의 실패가 아니라, 젊은 날의 도전이었음을 상기시켜 주었다. 한때는 울며 웃으며 함께 일했던 이들이 이제 저마다 다른 업을 찾아 각자의 인생 항로를 만들어 가고 있다. 여전히 국제 협력의 길을 꿋꿋이 걸어가는 J언니, 원하는 그림을 그리며 자유로운 프리랜서의 삶을 택한 M, 다른 직장에서 새로운 삶의 터전을 꾸리기 시작한 J오빠와 K언니. 비록 모두가 다른 길을 걷게 되었지만 우리는 종종 모여 서로를 응원하고 있다.

"그래도 뭐든지 남네. 이렇게 너희들을 만났잖아."

함께 모여 밥을 먹는 자리에서 열 올리며 옛 직장 상사를 신나게 욕하던 우리를 보며 J언니가 말했다. 그러고 보니 무엇이든 남는다. 내가 한 선택이 좋았건 나빴건 간에 그 선택의 결과에서 우리는 무엇이든 건져 올릴 수 있다. 힘들고 괴로웠던 시간에도 무엇이든 남는다.

지금 와서 돌아보면 내 인생에 열정만으로 몸과 마음을

태우던 궤적이 남아 있다는 게 다행이라는 생각이 든다. 그로 인해 상처받기도 했지만, 세상에는 다양한 사람들과 여러 이해관계가 얽혀 있기에 열정만 내세워서 문제를 해결할 수 없다는 사실도 알게 되었다. 무엇보다 내겐 힘든 시간을 함께 견딘 소중한 사람들이 남아 있다.

가끔 왜 발레를 취미로 삼게 되었을까 싶을 때가 있다. 발레 선생님이 말씀하시길, 발레에는 빠른 길이 없다고 한다. 단기간에 성취감을 느끼기 어려운 예술이다. 백번 동감한다. 발레에 적합한 몸을 만드는 일은 다시 태어나는 게 빠를 만큼 오랜 시간이 걸리기 때문이다. 몸의 세밀한 부분까지 다듬고 훈련해야 하는 까닭에 변화가 눈에 쉬이 보이지 않는다. 일주일에 두세 번, 꾸준히 시간을 투자해도 실력이 늘지 않는 것을 보면 문득 내가 이걸 왜 하고 있나 하는 생각이 들기도 한다.

이런 지점에서 주저앉게 되는 것을 '슬럼프'라 부르기도 하고, '발태기(발레 권태기)'라 부르기도 한다. 발레에 투자한 시간과 돈을 헤아리며, 내가 다른 활동에 이만큼 투자했더라면 어땠을까 회의감에 빠지거나, 좀처럼 늘지 않는 실력에 흥미를 잃는 시기다. 과도한 열의로 부상을 입고서 발레에 상처를 받는 때도 마찬가지다.

사람은 변화와 자극을 쉽게 느끼지 못할 때 권태감을 느낀다. 처음과 같이 모든 것이 새롭고 신기한 시기를 지나고 나면 누구에게나 권태의 시간이 찾아온다. 권태의 기저에는 변화가 없는 내 몸에 대한 불만이자, 쉽게 결과를 쥐여 주지 않는 발레에 대한 원망이 있는 듯하다.

더 이상 열정이 느껴지지 않으면 발레를 그만둘 수 있다. 발레가 나를 갉아먹는다고 생각되면 다른 취미를 찾아볼 수도 있다. 빠른 성취를 이루고 싶은 이들에게는 발레가 적합하지 않다.

그런데도 나는 계속 발레를 하기로 마음먹는다. 변하지 않는 것 같아 보여도 내 안에 작은 변화가 시작되고 있음을 믿기 때문이다. 그것이 무엇이든 내 삶에 분명한 획을 그을 것을, 내 안에 무언가를 남길 것을 믿기 때문이다.

고로 발레를 하면서 도무지 늘지 않는 것에 대해 자책하거나 비관하지 않기로 했다. 발레에 매진하면서 땀을 흘리는 이 시간이 내게 무엇이든 남겨줄 것이다.

앎을 삶으로,
전쟁은 계속된다

발레를 하는 동안 머리와 몸의 전쟁은 '앎'과 '삶'의 사투와 비슷하다. 머리로 알고 이해하는 것과 그것을 구체적인 행동으로 옮기는 것은 왜 이렇게 어렵고 힘들까? 아는 것과 하는 것의 간극은 이토록 멀다.

대체로 지켜지는 일은 잘 없지만 그럼에도 새해를 맞이하여 올해의 목표를 적어 보았다. 보자, 지난해의 목표가 '중국어 공부하기', '운전면허증 따기', '한 달에 한 번 독후감 쓰기'였으나, 중국어는 한 달 인터넷 수업을 듣다가 흐지부지 끝났고, 운전면허는 주말 오후 시험장을 찾았다가 필기시험은 오전에만 있다는 이야기에 낙담한 채 터덜터덜 집으로 돌아왔다. 그렇게 핸드폰 속 주차 게임 레벨만 올리다 한 해가 지나갔다. 책은 나름대로 열심히 읽었지만 독후감으로 남긴 것은 몇 편이더라?

매번 스스로 세운 목표 앞에 무릎 꿇고, 그런 나 자신에 실망하면서도 새로운 해가 시작되면 다시금 목표를 정하고 마음을 다잡는다. 아, 백두대간보다도 먼 '앎'과 '삶'의 거리를 조금이라도 좁히고 싶다. 머릿속 목표대로 행동하기가, 마음속 결심대로 살기가 왜 이렇게 어려운지 모르겠다.

2018년 스위스 로잔에서 치러진 로잔 발레 콩쿠르(Prix de Lausanne)의 클래스 영상을 되돌려 보던 중이었다. 클래스 마스터가 참가자의 움직임을 코칭해 주며 말한다.

"You know all those things. Now do it."

(너는 내가 말하는 것 모두 알고 있지? 그럼 하면 돼.)

이렇게 간단명료하면서도 어려운 주문이 있을까? 아는 것을 하면 된다니.

마스터가 일러준 바를 곧바로 흡수하고 소화하는 클래스 참가자들과 달리, 나는 발레 선생님이 몇 번이고 움직임을 지적해 주서도 가르침이 좀처럼 체화되지 않는다. 이해한 대로 따라 하는 게 왜 이렇게 어려울까? 성인이 되어서 발레를 배우니, 머리로는 이해가 빠르다. 알고자 하는 열정도 넘쳐서 평소에 관심도 없던 인체 해부학까지 찾아보며 골격과 근육의 위치와 기능까지 공부한다. 문제는 아는 것에서 하는 것으로의 연결이 너무도 어렵다는 점이다. 선생님의 지시를 머릿속으로 그려가며 열심히 따라해 보지만 몸과 마음의 거리가 이렇게 멀 수 없다.

　무언가를 배우는 행위를 '학습(學習)'이라고 한다. 진정한 배움은 머리로 이해(學)하고, 몸으로 익히는(習) 일련의 과정일 것이다. 머릿속 생각과 지식이 손끝과 발끝까지 젖어 들어 삶에서 구체적으로 배움의 행적이 드러나야 한다. 이해한 것만으로 정말 그것을 배웠다고 할 수 있을까? 실제로 삶에서 사용할 수 없는 지식은 무용한 것이다. 현실을 바꾸는 것은 행동이기 때문이다. 무작정 수업을 듣고 있다고 하여 진정 발레를 배우고 있는 것이라 할 수 없는 것도 이러한 까닭 때문이다.

　발레는 '앎(knowing)'과 '함(doing)'의 선순환을 끊임없이 연습하는 시간이다. 선생님이 동작을 지시하면 먼저 머릿속으로 내 몸의 근육을 어떻게 움직일 것인지 인지한다. 그리고 실제로 그 근육이 움직이는 이미지를 떠올리며 몸을 움직인다. 물론 마음과 몸이 단번에 일치하는 경우는 드물다. 몸의 움직임을 방해하는 여러 물리적인 이유가 발생한다. 골격의 문제, 근력의 문제, 의지와 감정, 그리고 생활 습관까지 다양한 원인이 있다. 이러한 원인을 분석해 보고, 포기하지 않고 계속해서 연습하고 도전한다. 어느 시점에 머리와 몸이 일치하는 순간이 찾아온다. 발레에서 성취감을 느끼게 되는 순간이다.

머리로 아는 만큼 몸으로 표현하는 게 어렵다는 것을 절감하며, 사는 일도 이와 비슷하다는 생각이 들었다. 발레를 하며 배운 인생의 원리를 일상에서 되새기는 일은 매번 어렵다. 좋은 책을 읽으며 다짐하는 일, 감동적인 강연을 들으며 마음을 새롭게 하는 일은 보통 순간에 그칠 때가 많다.

머리와 마음의 엇박자 속에서 휘청이는 내가 우습지만, 한편으로는 이로 인해 인생에 적당한 리듬이 생기는 것인지도 모른다. 아는 대로 할 수 있다면, 마음먹은 대로 살 수 있다면. 그럴 수 있다면 새해 다짐을 쓸 필요도, 발레를 용쓰며 할 필요도 없겠지.

발레 수업을 마치고 나와 느지막한 주말 햇살이 번지는 카페에서 노곤한 마음으로 책을 읽다 다음과 같은 문장을 만났다.

'결국 칠십 평생의 유일한 시간대를 저마다의 숙명에 맞서 처절한 싸움을 하는 것, 그것이 인생이다. 운명에 맞서 최선의 아름다운 싸움을 포기하지 않는 것, 그것이 인간의 자존을 지키는 일이다.'(이건수, 《미술의 피부》, 북노마드, 2017)

아는 것을 행동으로 이끌어내기 위한 씨름은, 학(學)이 습(習)으로 이어지기 위한 사투는, 앎을 삶으로 만들어 가기 위한 전쟁은 발레에서만 지속할 일은 아닌 듯하다.

무적의 답변,
'바이오리듬 때문입니다'

아무리 발레를 좋아하더라도, 때로는 최선을 다하지 못하는 날도, 최선을 다할 수 없는 날도, 최선을 다하고 싶지 않은 날도 있다. 발레를 하다 보면 무슨 연유에선지 몸이 말이 듣지 않을 때가 찾아오기 마련이다. 자판기에 300원을 넣으면 한 컵의 커피라도 손에 쥐어야 만족하는 것처럼, 최소한 인풋(input)만큼의 아웃풋(output)을 기대하는 것은 욕심이 아니라 당연지사 아닌가. 하지만 발레를 하다 보면 인과관계와 상관없이 반응하는 내 몸에 황당할 때가 있다. 연습을 더 한 것도 아닌데 동작이 잘 되는 날이 있는가 하면, 어떤 날은 영문도 알수 없이 수업만 겨우 버틸 정도의 에너지만 나오는 날도 있다. 사람의 몸은 확실히 자판기 같은 기계와 다르다. 이런 상황을 이해시켜 줄 마법 같은 답변은 '바이오리듬'이다. 괜히 이유 없이 몸이 말을 안 들을 때는 바이오리듬이 좋지 않은가 보다 생각한다.

여느 때와 마찬가지로 힘든 플로어 워크를 끝내고 바에서 밴드를 이용한 아라베스크와 바뜨망, 팡셰를 연습했다. 단단한 탄성의 밴드와 벗어날 수 없는 중력이 합심하여 나를 공격한다. 매트에서 열심히 땀을 흘린 만큼 근력을 힘차게 사용하고 싶지만, 어쩐지 내가 가진 힘의 50% 정도만 겨우 쥐어짜듯 나온다. 결국 연습용 음악의 박자를 다 채우지 못하고 힘겹게 들고 있던 다리를 떨어트렸다. 마음대로 몸이 따라주지 않으니, 기분이 썩 좋지 않다. 발레고 뭐고, 얼른 집에 가고 싶다는 마음이 불쑥 샘솟는다.

발레를 하며 깨달은 것은 정신이 육체에 영향을 미치는 만큼, 육체 역시 정신에 큰 영향을 미친다는 점이다. 몸이 좋지 않은 날은 기분도 좋지 않고, 정신적 활동에도 부침을 겪는다. 육체적 활동이 지적 활동에 등한시되어서는 안 되는 이유다.

들쑥날쑥한 신체 컨디션의 사이클을 경험하다 보면, 내 몸의 상태를 예전보다는 훨씬 더 날 선 감각으로 관찰하게 된다. 그리고 그런 몸을 이해하지는 못하더라도 인정하려고 애써 본다. 발레하는 시간이 차곡차곡 쌓일수록, 내 몸을 탓하거나 비난하는 내면의 목소리를 잠재우고, 이런 날도 있고 저런 날도 있다는 것, 육체와 정신적 고저(高低)를 파도 타듯 받아들이는 법을 연습하게 되는 것 같다.

몸의 리듬을 인정하는 일. 내 마음과 감정의 사이클을 인정하는 일. 타인의 목소리나 사회의 잣대가 아니라, 나만의 세심한 기준으로 세밀하게 몸과 마음을 보듬는 일. 그런 일은 교실에서도, 강의실에서도, 사무실에서도 배운 적이 없다. 대신 서른이 넘은 이제야 발레 클래스에서 걸음마 배우듯 연습하고 있다.

나를 돌보는 것만큼이나, 내가 나를 인정하는 그 포용력만큼이나, 타인을 수용하고 보듬을 수 있는 것이 턴 아웃이나 풀업보다도 중요한 일이라고 생각한다. 인과관계를 해명할 수 없는 내 몸의 리듬을 발견하게 되는 것처럼, 인생에는 이해할 수 없는 문제가 종종 일어날 수 있다.

어쩌면 출근길 나를 치고 지나간 사람은 가족 중 아픈 사람이 있어 다급한 것일지도 모르고, 점심시간에 들어간 식당에서 무뚝뚝하게 대꾸하는 직원은 평소보다 몸이 좋지 않아 여유로운 태도를 잃은 것인지도 모른다. 나한테 왜 그러냐고 따지고 싶다가도 어쩌면 저 사람의 일상에 이해할 수 없는 일이 생긴 거라 생각하면, 마치 무적의 답변 '바이오리듬'을 외칠 때처럼 마음이 조금 관대해진다.

발레를 하는 것처럼 시선을 들고 깊이 있게 응시한다면, 내 옆에 있는 누군가의 일상에서 넘실대는 불가해한 인생의 물결이 보일지도 모르겠다. 어쩐지 몸이 잘 움직여지지 않는 날, 스스로에게 머쓱한 미소로 웃어 보이듯이 내 옆의 누군가를 향해 싱거운 미소로 어깨 한번 도닥일 수 있는 그런 넉넉한 사람이 되고 싶다.

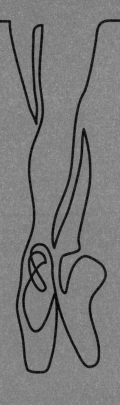

PART 4

취미 발레 풍성하게
즐기는 법

몸과 마음의 기록,
발레 일기 쓰기

처음 발레 일기를 쓰게 된 것은 아주 어릴 때 보았던 만화 책에 대한 기억 때문이다. 초등학교에 다녔을 무렵, 그러니까 1990년대 후반에서 2000년대 초반 즈음에 만화 대여점이 유행이었다. 한 권당 300원에서 500원 정도였는데, 조금씩 모아 둔 용돈을 대여점에 고스란히 바치던 시절이 있었다. 내게 발레에 대한 환상을 심어 준 만화책을 만난 것도 이 무렵이다. 메구미 미즈사와 작가가 그린 《토슈즈》라는 일본 만화였다. 키가 작은 주인공이 우연히 본 발레 공연으로 인해 뒤늦게 발레를 배우면서 성장하는 이야기다. 세월이 지난 지금 자세한 줄거리는 기억나지 않지만, 주인공이 발레 수업을 다녀오면 발레 일기를 쓰면서 그날 배웠던 동작이나 고쳐야 할 지적 사항을 기록하던 장면은 어렴풋이 기억에 남아 있었다.

'나도 발레 일기를 써볼까?' 만화 속 주인공처럼 발레 실력이 일취월장하리라 기대하지도 않지만, 발레 일기를 써 보는 것은 꽤 괜찮은 아이디어 같았다. 30년 가까이 살면서 적어 두지 않아서 손해를 본 적은 많았어도 무언가를 기록해 두어서 손해를 본 적은 없었다. 막상 일기를 적어 보려고 하니 수업 시간에 들었던 발레 용어는 기억도 나지 않고, 선생님이 해 주신 조언은 조각조각 흩어져 무엇을 써야 할 지 몰랐던 탓에, 처음에는 발레 일기랄 것도 없이 수업 한 시간 내내 고생하고 온 이야기, 힘들다는 푸념, 고통의 정도와 같은 발레와 무관한 이야기로 일기를 채웠다. 수업 순서는 어쩜 그렇게 하나도 기억이 나지 않는지!

발레 일기의 장점은 내 몸을 더 자세히 알게 된다는 것이다. 내가 특별히 어떤 동작을 연마해야 할지 체계적으로 정리할 수 있다. 왼쪽 다리로 파쎄 업은 잘 되지만, 오른쪽 다리는 상대적으로 약하다거나, 앙 디올(en dehors)에 비해 앙 드당(en dedans)이 잘 되지 않는다거나, 이런 내용은 수업 중에도 물론 자각할 수도 있지만 기록으로 남겨 놓으면 내 몸의 어떤 부분이 취약한지 조금 더 분명하게 파악할 수 있다.

그뿐만 아니라 그날 클래스의 순서, 동작, 고쳐야 할 점들 등을 기록해 두다 보면 다음 수업 때 좀 더 주의해서 동작을 하게 되고, 시간이 흐른 후 내가 어떻게 발전하고 있는지 비교해 볼 수 있다.

발레 일기를 쓰다 보면 신체뿐만 아니라 정신과 감정의 영역에서도 나를 더 자세히 알게 된다. 발레 시간에 느꼈던 감정을 복기하고 그것을 글로 옮기다 보면, 몸의 변화에 이어 마음의 파동이 보이기 시작한다. 수업 시간에는 아무런 생각 없이 동작을 따라 하기 바빴다면, 일기를 쓰는 동안 내 마음을 돌아보게 되기 때문이다. 누구에게나 자신이 느끼는 감정의 색깔을 찬찬히 들여다볼 시간이 필요하다. 발레 일기도 '일기'인 까닭에 요즘 내가 힘들어하는 것, 일상에서 받는 스트레스, 감정이 몸에 미치는 영향과 같은 이야기들이 조금씩 글로 흘러나온다. 어떤 날은 발레를 하고 뿌듯하고 행복한 반면, 어떤 날은 개운하지 않고 침울한 기분이 들기도 한다. 그런 감정도 오롯이 쏟아 내다 보면 내가 왜 감정에 허덕이고 있는지 보일 때가 있다.

발레 일기라 하여 매일 꼬박 적어야 하는 것도 아니고(그렇게 한다면 더없이 좋겠지만), 형식이 정해져 있는 것도 아니다. 최근에는 블로그나 인스타그램, 유튜브와 같은 SNS를 활용해서 클래스에서 배운 내용과 연습한 동작을 기록하는 사람들이 꽤 많이 있다. 다른 사람은 어떻게 발레를 하고 있는지, 어떤 동작을 배우고 어떤 깨달음을 얻고 있는지 공유하는 기쁨도 제법 크다. 취미 발레 인구가 늘고 있는 추세지만, 아직은 대중적인 취미가 아니다 보니 발레 학원만 벗어나면 관심사를 공유할 수 있는 사람들이 대폭 줄어든다. 하지만 온라인을 통해 일기를 쓰다 보면 같은 즐거움을 나눌 수 있는 사람들과 교류할 수 있으니 일석이조다.

취미 발레를 시작했다면 몸과 마음을 돌아볼 수 있는 발레 일기를 써 보는 게 어떨까? 그냥 발레를 배우는 것보다 훨씬 더 풍성한 즐거움을 느낄 수 있을 것이다.

세계 발레인들의 축제,
월드 발레 데이

    10월 달력을 훑어보면 다른 달에 비해 유달리 각종 '날'들이 많은 것을 볼 수 있다. 개천절과 한글날 같은 공휴일 외에도 국군의 날, 노인의 날, 임산부의 날, 문화의 날 등 이런 날이 있었나 싶을 정도로 다양한 기념일이 있다. 취미 발레인들 혹은 발레 애호가의 달력에는 여기에 하나의 기념일을 더 추가해야 한다. 바로 월드 발레 데이(World Ballet Day), 즉 세계 발레의 날이다. 월드 발레 데이는 특정한 날짜로 지정된 것은 아니지만, 2014년 이후부터 10월 첫째 주 중의 한 날을 정하여 연례로 개최되고 있다. 2018년에는 10월 2일이 월드 발레 데이로 지정됐다.

월드 발레 데이가 되면 세계 유명 발레단은 각 발레단의 공식 SNS 계정 등을 통해 라이브 스트리밍 방송을 송출한다. 이를 통해 발레단의 단원들이 어떻게 연습하는지, 공연을 올리기 위해 어떻게 준비하는지, 무용수 외에 발레단에는 어떤 사람들이 일하고 있는지 등 무대 뒤편에 가려졌던 다양한 이야기를 보여 준다. 2018년의 호스트는 호주 오스트레일리아 발레단, 영국 로열 발레단, 러시아 볼쇼이 발레단이다. 물론 호스트 이외에도 다양한 발레단이 함께 참여한다.

취미 발레인들에게 있어 월드 발레 데이의 묘미는 각 발레단의 클래스를 엿볼 수 있다는 점이다. 일반인이 발레단의 연습 홀을 구경할 기회는 흔치 않다. 하지만 월드 발레 데이 때만큼은 누구나 라이브 방송을 통해 클래스에 참여할 수 있는 셈이다. 세계 정상급 발레단의 무용수들도 하루의 시작은 발레 클래스로 시작하는데, 바 워크와 센터 워크의 진행을 보며 그들은 어떻게 동작을 연습하는지 살펴보는 재미가 있다. 간단한 동작은 집에서 따라해 보기도 하며 클래스에 동참해 보는 것도 색다른 즐거움일 것이다.

발레 클래스는 동작 순서를 짜 주는 클래스 마스터의 우아한 외침과 더불어 정교하면서도 부드러운 피아노 선율로 시작된다. (국내 발레 학원 수업에서는 일반적으로 음원, CD를 활용하지만 발레단의 클래스는 피아니스트의 라이브 연주 하에 진행된다.) 레오타드 위에 워머나 티셔츠, 점퍼 등을 껴입은 무용수들이 일제히 박자에 따라 움직인다. 길쭉길쭉하게 뻗은 팔다리와 부드럽게 떨어지는 발등 곡선, 이러한 동작에서도 흔들리지 않는 풀업과 턴 아웃 등을 보면 역시 나와 다른 인류구나 하는 생각이 들지만, 유심히 보다 보면 간혹 동질감을 느끼기도 한다.

가령 점점 복잡해지는 순서를 기억하기 위해서 애쓰는 모습, 왼쪽과 오른쪽 순서를 반대로 하거나 회전수를 다 채우지 못하는 장면, 밸런스를 유지하기 위해 노력하다가도 흔들리는 모습을 포착힐 때, 아 그들도 결코 '쉽게' 발레를 하는 건 아니라는 것을 알 수 있다. 하지만 그들은 결코 실수하는 티를 내지 않는다. 무슨 일이 있었냐는 듯 끝까지 흔들리지 않는 표정으로 마무리 자세를 완벽하게 취하며 끝을 낸다. 이것이 바로 프로페셔널과 아마추어의 차이인가!

발레 클래스의 또 다른 재미는 발레리나, 발레리노 각자의 개성있는 복장을 구경할 수 있다는 점이다. 바 워크 때는 웜업을 위해 발레복 위에 다른 옷을 껴입고 나오는데 발레 연습복과 스포츠 의류를 어떻게 조합하는지 살펴보는 것도 재미있고, 똑같은 발레단 단체 티셔츠를 리폼하거나 롤업 하는 등 어떻게 자기 스타일로 변형시키는지 비교해 보는 것도 흥미롭다. 취미 발레인이라면 저 발레리나가 입은 레오타드는 어떤 건지 호기심을 갖게 되는 것도 당연할 터. 발레 번(똥머리)도 보통 싹 끌어올려 묶은 머리로 한정시켜 생각하기 쉽지만, 발레 클래스의 무용수들은 제각각 위로 묶거나 아래로 묶거나, 가르마를 타거나 소라 모양으로 올리거나 자신만의 방식으로 연출한다. 이렇듯 발레리나들의 스타일을 구경하는 재미도 쏠쏠하다.

완성도 높은 공연을 위해 땀 흘려 연습하는 장면과 무대를 준비하는 여러 사람의 모습은 오히려 발레 공연 이상의 감동을 주기도 한다. 그러니 취미 발레인이라면 일 년에 한 번 밖에 없는 월드 발레 데이를 놓치지 말자. 공식 홈페이지(www.worldballetday.com)와 발레단 공식 페이스북 계정을 통해 감상할 수 있다. 혹여나 올해의 월드 발레 데이를 놓쳤다면, 걱정하지 마시라. 실시간은 아니지만 유튜브 검색을 통해 다시 보기가 가능하니까.

병이지만,
작고 확실한 기쁨,
장비병

분명 처음엔 레오타드 입기가 주저되어 쭈뼛거리고 검은
색 기본 레오타드를 입는 것도 눈치를 보던 내가, 발레 수업에
어느 정도 적응이 되자 슬슬 장비병이 발동하기 시작했다. 처
음 발레 수업을 들을 때는 프로나 실력이 좋은 사람들만 다양
한 레오타드를 입어야 하는 줄 알았다. 다행인지 아닌지 모르
겠지만, 발레 실력과 레오타드는 무관하다. 아, 정녕 장비병
없는 취미는 없는 것일까? 취미로 발레를 하는 사람에게는 카
메라 렌즈나 낚싯대와 같은 고가의 장비(하드웨어)가 필요한 것

은 아니다. 하지만 마음만 먹으면 물 새듯 돈을 쓸 수 있는 이유는 단순하다. 바로 발레 아이템이 예쁘기 때문이다.

발레에 푹 빠져 지낼 때는 평상복보다 발레복 쇼핑이 더 잦다. 처음엔 레오타드는 그저 수영복 모양이니 다 거기서 거기라고 생각했건만, 찾아볼수록 디자인, 색감, 소재, 브랜드에 따라 그 세계가 크고도 광대하다. 학원 등록하면서 구매했던 검은색의 기본 반팔 면 레오타드를 1년 가까이 입고 다니다가 좀 더 과감하게 밝은 민트 색상의 캐미솔 레오타드를 새로 들였다. 면이 아니라 좀 더 쫀쫀하게 몸을 잡아 주는 느낌에 내심 뿌듯해하며 마음속으로 되뇐다. '지름신이여, 오라!'

발레 장비병이 시작되면 그동안 전혀 몰랐던 새로운 세계가 열렸다. 세상에 발레 의류 브랜드가 이토록 다양하다니! 카페지오(Capezio), 그리시코(Grishko), 블락(Bloch), 프리드(Freed), 레페토(Repetto), 산샤(Sansha), 웨어무아(Wear Moi), 유미코(Yumiko), 드가(Degas), 소단사(SoDanca) 등등. 블랙 프라이데이라 해도 눈 하나 깜빡하지 않던 내가 직구를 하게 된 것도 다 발레 때문이다. 그뿐이랴, 요즘은 국내에도 개인 디자이너의 브랜드가 많아지고 있다. 레브당스(Levdance), 바이플리에(Byplie), 발레시모(Ballessimo), 메시아(Messiah), 클르베부티크

(Releve Boutique) 등 다양한 브랜드에서 시즌마다 아름다운 발레 의류를 선보인다.

직구며 중고 거래며 공동 구매며, 살뜰히 모은 레오타드와 스커트들이 옷장 한구석을 든든하게 차지하고 있는 와중에 괜히 마음이 찔리는 까닭은 왜일까? 아마도 레오타드가 늘어나는 속도만큼이나 실력이 늘어나는 속도도 비례해야 하는 것 아니냐는 내 안의 또 다른 외침 때문일 것이다.

안다. 레오타드에 투자하는 돈이 늘어난다 해서 내 실력이 늘어나는 것은 아니라는 것을. 그런데도 왠지 새 레오타드를 입으면 밸런스가 더 잘 유지될 것 같고, 새 스커트를 두르면 턴이 더 잘 될 것 같고, 새 슈즈를 신으면 를르베(relevé)가 더 잘 될 것만 같은 이 기분은 뭘까?

상비병의 범위는 레오타드에만 그치지 않는다. 포인트 슈즈를 신게 되면 장비병은 더욱 심화된다. 내 발에 맞는 슈즈를 찾기 위한 모험은 쉽게 끝나지 않는다. 개인마다 발 모양, 발볼 넓이, 발가락 길이 등이 다르기에 몇 번의 실패를 감수해야 나의 슈즈를 찾을 수 있다.

더 예쁜 발을 만들기 위한 포인기, 좀 더 강도 높은 스트레칭과 근력 운동을 위한 고무 밴드, 아라베스크 라인을 만들기 위한 아라베스크 키, 족저근막염을 방지하고 발아치를 만들어 주는 발마사지 볼 외에도 턴보드, 폼롤러 등 보조용품도 만만치 않다.

사실 발레를 잘 하기 위해서는 내 발에 맞는 슈즈 한 켤레와 타이즈, 레오타드 한 벌이면 충분하다. 장비에 쏟아 붓는 돈으로 차라리 레슨 횟수를 늘리는 게 발레 실력이 늘어나는 실질적인 방법일지도 모른다. 그런데도 발레하는 이 시간, 나를 더 즐겁게 만들어 줄 몇 가지 아이템에 적당히 투자하는 것도 취미의 기쁨을 확장해 주는 작지만 확실한 방법이라고 변명해본다.

아, 레오타드 한 벌 사고 싶다.

'참 여성스러운 취미네요'에 대한
항변

취미로 발레를 하고 있다고 하면 이따금 듣는 말이 있다.

"참 여성스러운 취미네요."

취미 커밍아웃을 하고 나면 종종 듣는 이야기다. 보편적으로 사람들은 발레를 하늘하늘한 옷을 입고 사뿐사뿐 예쁜 춤을 추는 고상하고 우아한 취미로 여기는 듯하다. 분명 화자 입장에서는 칭찬의 의미를 담은 말이겠지만, 이상하게도 그 말을 들으면 기분이 썩 좋지 않다.

첫째, '여성스럽다'는 어구에 대한 불만이다. 아마도 관용적으로 부드러움, 유연함, 우아함 등의 특징을 통틀어 여성스럽다고 표현하는 것일 테지만, 요즘과 같이 성별에 대한 고정관념과 성 역할이 무너지고 있는 시대에 다소 적합하지 않은 표현이라는 생각이다.

둘째, 그렇다 하더라도 발레는 과연 '여성스러운' 장르일까? 이에 대한 대답으로 나는 그렇기도 하고, 그렇지 않다고도 말하고 싶다. 부드러움과 연약함을 '여성스러움'으로 규정하는 이들의 말대로라면 발레는 여성스럽기도 하지만, 그렇지 않기도 하다. 오히려 '남성성'으로 상징되는 강인함, 끈기, 굳은 의지가 필요한 예술이기 때문이다. 발레의 아름다운 동작과 표현은 유연함만으로는 불가능하다. 그 안에는 강력하고도 흔들리지 않는 중심, 중력을 버텨내는 강인함과 통제력, 공기처럼 가벼워 보이기 위한 끊이지 않는 인내와 고통을 수반한다. 완벽에 가까워지기 위해 스스로를 채찍질하고 버텨내는 추진력과 고집도 필요하다. 이러한 발레의 속성을 모르고 단지 나풀거리고 사뿐거리는 것처럼 보이는 발레의 겉모습만을 이야기하는 것 같아 괜히 심사가 뒤틀린다.

셋째, 발레를 여성스러운 취미라고 한정 지음으로써 그 영역을 제한하기 때문이다. 한때 유행했던 TV 코미디 프로그램의 영향 때문인지 발레리노의 복장과 특징을 희화화하는 우리 사회의 일면은 쉽게 변하지 않는다. 발레에 덧씌워진 이미지로 인해 남성들에게 발레는 다소 기피되는 예술이다. 이로 인해 발레하는 남자들에 대한 편견도 종종 발견한다. 취미로 발레를 배우고 있다고 이야기하면, 꼭 한번은 "발레 학원에 남자도 있나요?"라는 질문을 받는다. 발레를 바라보는 이도, 발레를 즐기는 이도 특정 성별에 대해 폐쇄적인 공간을 만들어 왔기 때문에 나오는 궁금증일 것이다. 유달리 발레는 남성들은 쉽사리 진입하지 못하는 취미다. 하지만 기사로 접한, 실제로 발레를 체험해 본 남성들은 발레가 이토록 세심하게 근력이 필요한지 몰랐다고 고백하기도 하고, 직접 체험해 보니 격한 운동 이상의 즐거움을 안겨 주는 매력적인 춤이라고 이야기하기도 한다.

발레 블로거들 사이에서 한바탕 작은 소란이 있었던 사건이 있었다. 남자로 추정되는 어느 한 블로거가 취미 발레 블로그를 찾아다니며 발레 타이즈에 대한 본인의 변태적 취향을 주절주절 고백하는 추태를 부린 일이었다. 물론 나 역시 같은 일을 당한 적이 있는데, 비밀 댓글로 취미 발레에 대한 정보를 묻는 것처럼 접근해서는 기어코 발레 타이즈로 대화를 끌고 가는 것을 보고 직감했다. 변태구나! 그 인간의 행적을 캡처해서 경고문을 작성했더니, 똑같은 피해를 보았노라 고백한 블로거들이 한둘이 아니었다.

이뿐 아니다. 발레 용품 중고 장터에서 노골적인 댓글이나 쪽지를 보낸다거나, 발레와 관련된 희롱성 댓글을 다는 사람들도 종종 목격한다. 낚시나 축구, 기타 스포츠처럼 남성 사용자가 많은 블로그에도 이런 추태를 부리는 사람이 많을까? 유달리 발레 블로그에서 이런 피해가 자주 발생하는 까닭은, 발레라는 장르에 대한 뒤틀린 환상, 여전히 미성숙한 사회적 젠더 의식으로 인한 게 아닐까 짐작해 본다. 이런 추태를 부리는 사람들에게는 발레를 사랑하는 이들의 인격이나 발레에 대한 진지한 열정은 보이지 않나 보다. 그들은 그저 '발레하는 여자'에만 몰두해 있다. '발레하는 여자'로 대상화 하고 개인의 변태적 욕망을 투영하는 것이다. 우리 사회에 만연하게 퍼져 있는 특정 직업군과 복장을 성적 대상화 하고 소비하는 행태의 연장선인 셈이다.

이렇게 보면 발레에 대한 사람들의 오해와 환상은 지극히 단편적이다. 그것은 비단 발레를 모르는 사람들만의 문제가 아니라, 오랜 시간 견고한 성벽을 쌓듯 발레라는 예술을 고립

시킨 발레계의 과오도 있을 것이다.

예술은 심미적 수단을 통해 시대의 과제와 사회적 이슈를 전달하고 파헤친다. 발레는 특히 고전이라 불리는 클래식의 레퍼토리를 계승한다는 점에서 동시대 예술이 지닌 사회적 기능이 다소 소홀할 수밖에 없다. 더군다나 오래도록 사랑받는 클래식 발레의 대다수 작품은 남자로 인해 생과 사를 결단하는 평면적이면서도 가부장 사회의 틀 안에서 생산된 캐릭터가 주인공이다. 사회 전반에 젠더 의식에 관한 논쟁이 뜨겁게 진행 중인 상황에서 발레는 어떻게 시대의 물음에 답할 것인가? 이것이야말로 오늘날 발레계의 숙제가 아닐까?

우리가 즐겨 보는 발레 작품부터 취미 발레 문화, 발레를 향한 대중의 시선, 나아가 발레 업계 내의 관행까지, 어떻게 양성평등의 관점에서 이 세계를 건강하게 만들어 갈 수 있을 것인지는 발레를 사랑하는 이들이라면 함께 숙고해야 할 문제일 것이다.

발레와 페미니즘 사이를 고민하며 오늘도 나는 발레 클래스를 향해 전사와 같은 태도로 투쟁하러 나선다.

오랜 세월 버텨 온
본질적인 아름다움

이곳은 종묘. 복잡한 도심 한가운데, 믿을 수 없을 만큼 고요한 장소에 서 있다. 500년 왕조의 시간이 머물러 있는 종묘는 우리나라의 소중한 국보이자, 세계 문화유산에 등재된 신비롭고 아름다운 장소다. 왕실의 제례 의식을 행하며 나라의 안녕과 평안을 빌었던 이곳은 그 옛날에 지어진 것이 믿어지지 않을 만큼 공간 구석구석 정교하고 세밀하다.

이런저런 이유로 서울을 드나들 때마다 경복궁을 비롯한 고궁을 몇 번 방문했었지만 한 번도 종묘를 가본 적이 없었다.

제례 의식의 장소라고 하니 지루하고 따분한 곳이라 지레짐작했던 탓이다. 그러다 문득 종묘를 가 보자고 마음먹은 것은 우연히 인터넷에서 본 사진 한 장 때문이었다. 흰 눈이 소복하게 내려앉은 지붕 아래, 규칙적으로 나열된 기둥과 수평으로 길게 뻗은 건물이 자아내는 신성하고도 고요한 분위기가 모니터 화면 너머까지 느껴졌다. 시끄럽고 요란한 도시 한가운데, 전쟁의 탄환도 비껴가고 자본의 침략에도 무너지지 않은 500년 역사의 공간이 있다니 참 오묘하고 신기하다 싶었다.

그렇게 찾아간 종묘는 화려한 궁궐과 달리 불필요한 장식이 배제된 간결하고 직선적인 건축물이었다. 건축이나 역사에 대해 일자도 아는 바 없는 나조차도 이곳에 들어서니 마음이 경건해진다. 문화 해설사의 친절한 설명을 들으며 한적하면서도 신성한 분위기의 공간을 거닐다 보니 문득 발레가 생각나는 건 왜일까? 조선을 지탱해 온 정신적 근간인 유학의 상징이자 500년 왕조의 혼이 서린 이곳에서 나는 왜 유럽 왕실의 춤 발레가 생각나는 걸까? 종묘에서 느껴지는 숭고하고 엄숙한 아름다움과 발레의 그것과 어딘가 모르게 결이 비슷하다.

왕실의 위엄과 정통성을 상징하듯 종묘는 정형적인 아름다움이 돋보였다. 게다가 종묘 건축물 곳곳에는 유학의 질서와 의미가 담겨 있다. 왕이 다니는 길, 세자가 다니는 길, 신하가 다니는 길, 심지어 역대 왕의 혼이 다니는 길이 구분되어 있고, 건물의 배치와 문의 방향에도 의미와 뜻이 담겨 있다. 어느 것 하나 우연에 의해 놓인 것 없이, 바닥에 박힌 돌 하나까지도 엄격한 질서하에 제 할 일을 맡고 있었다.

국왕이 정기적으로 왕실의 제사를 지내는 곳이었으므로 건물의 기둥과 지붕, 너른 마당까지 품격이 배어 나오는 것은 물론, 시간의 손길에 다듬어진 숭고한 아름다움이 느껴진다. 그 아름다움은 마주하는 사람으로 하여금 엄숙한 마음마저 들게 했다. 마치 완벽한 발레 공연을 보고 있을 때처럼.

그랬다. 발레가 추구하는 수직과 수평을 향해 끝없이 뻗어 가는 곧고 아름다운 선, 규칙적인 질서가 빚어내는 아름다움, 끝없이 꺼내 보이는 것이 아니라 겸손함을 겸비한 절제의 미학을 종묘에서 발견하게 되는 것이다. 엄격한 정형미를 갖춘 점, 예절을 중요시하는 점, 오랜 시간을 거쳐 유지되고 전승되어 왔다는 점도 이토록 상이한 세계, 종묘와 발레를 포개어 생각해 보게 했다.

그뿐만 아니라 종묘는 내게 '전통과 현대', '보수와 진보', '형식과 파괴'와 같이 세대를 거듭해 온 인류의 줄다리기에 질문을 던졌다. 수직으로 올라가는 도시의 스카이라인의 대척점에 수평으로 뻗은 종묘가 있다면, 신체를 해방하고 자유로운 춤의 양식인 현대 무용의 대척점에는 정확한 양식과 형식을 중요시하는 발레가 있다.

조선 왕실의 제례 의식이나 유럽 왕실의 춤이나, 개성과 자유를 중시하는 현대 사회의 풍조와 한 발짝 떨어져 있는 세계다. 형식을 갖추어 전통을 지키는 것은 시대에 뒤처지는 일이라는 생각이 드는 건 요즘 세상이 너무나 빠르게 변하기 때문일까.

이사도라 던컨이 토슈즈를 벗어 던지고 맨발로 춤을 추었던 이유도 공감이 가는 바다. 발레를 배우다 보면 가끔은 답답할 때가 있다. 형식이 갖추어져 있고, 클래식 발레 작품 수는 한정적이며, 발레의 질서와 법칙을 따르기 위해서는 개인의 개성과 자유는 다소 무뎌지는 부분도 있기 때문이다. 발레가 대중과의 교감에서 멀어지게 된 것도 아마 비슷한 연유에서였을 것이다.

그런데도 도심 가운데 고고하게 남아 조선의 정신을 증명하는 종묘처럼, 발레 역시 여러 사조와 다양한 예술 장르가 파도처럼 휘몰아치는 시대 속에 쉽사리 함락되지 않았다. 여전히 이 아름다움을 동경하고 사랑하는 무수한 사람들이 있다는 것은, 흐르는 시간 속에서도 변하지 않는 감동이 있기 때문이다. 인간의 마음 깊은 곳을 만지는 신성한 아름다움, 자연의 질서와 법칙이 담긴 형식, 그 속에서 우리는 '고전'의 아름다움을 느끼는 것이 아닐까? 종묘와 발레가 내게 주는 감동은 아마도 오랜 세월을 통과하며 버텨온 본질적인 아름다움일 것이다.

여행지, 특히 파리에서
더 행복한 발레인

예술의 도시, 파리. 그토록 와 보고 싶었던 도시에 도착했다.

나는 명품 가방이나 옷에는 그리 큰 욕심이 없는 반면, 여행을 다니는 것을 좋아한다. 올해의 여행지는 파리다. 인생 처음으로 유럽에 와 본 나는 길목을 거닐다가도 울컥 감동을 하곤 했다. 유럽은 아주 어린 시절부터 한 번은 가 보고 싶었던 여행지였기 때문이다. 어린 시절 나를 행복하게 만드는 것 중 하나는 유럽을 떠올리는 일이었다. 알프스 소녀 하이디, 플란

다스의 개, 소공녀 등 책을 좋아하던 나를 황홀한 상상에 빠지게 만들었던 배경. 나는 한 번도 가본 적 없는 그곳을 늘 꿈꾸고 그리워했다.

그중에서도 파리는 나에게 그야말로 '로망'인 도시였다. 어린 시절부터 사 모은 '파리'와 관련된 책들로만 책장 한 칸이 다 채워질 정도였으니 말이다. 하지만 유럽을 갈 만큼 경제력이 갖춰지기까지 시간은 꽤 걸렸다. 유년 시절에 읽었던 문학 속에서 유럽과 서방 국가에 대한 동경이 시작되었고, 고등학생 때에는 서양화에 큰 매력을 느껴 동경심이 절정에 이르렀다. 그로부터 10년이 지난 지금, 약 일주일간의 휴가를 내어 드디어 파리를 방문하게 된 것이다.

파리는 그야말로 발레의 고향 같은 곳 아닌가! 발레 애호가 루이 14세가 통치했던 곳, 세계에서 가장 오래된 발레 학교와 발레단이 존재하는 곳, 고급스러운 발레 브랜드와 극장이 자리하는 곳. 파리를 여행하게 된 이유에는 바로 이놈의 '발레 사랑'도 한몫했음을 시인할 수밖에.

취미 발레를 사랑하는 사람들은 이 지독한 발레 사랑을 여행에 와서도 끊지 못한다. 당신이 여행에 와서 발레를 사랑할 수 있는 방법은 여러 가지다. 하나, 여행지에서 발레 공연을 관람한다. 둘, 여행지에서 발레 수업을 듣는다. 셋, 여행지에서 발레 쇼핑을 한다.

파리를 찾은 나는 클래식 발레의 유명한 장면들을 엮은 갈라 공연을 보게 되었는데, 평일인 것이 무색할 만큼 그토록 큰 공연장이 사람들로 가득 찬 것을 보고 다시 한번 감탄했다. 역시 예술의 나라인 것인가! 물론 개중에는 나와 같은 관광객들도 꽤 많을 테지만 말이다. 관객들의 연령층이나 성별도 고르다. 아이부터 젊은 사람, 중년과 노년층, 남자와 여자, 어느 하나 치우침 없어 보인다. 오늘 저녁 두세 시간 동안 펼쳐질 공연을 위해 몇 달, 몇 년을 준비한 이들에 대한 예의로 다들 말끔하게 갖추어 입었다.

내겐 이날의 공연에서 춤보다는 프랑스의 국격이 느껴지는 관객 문화와 문화 환경이 더 인상적이었다. 춤 하나하나가 끝날 때마다 홀이 터질 듯한 박수가 쏟아지는 것을 보니 부산에서 보았던 몇몇 발레 공연들이 생각났다. 부산 사람 특유의 무뚝뚝함 때문인지 문화의 불모지라는 오명으로 인해서인지, 발레리노의 화려한 점프와 발레리나의 아름다운 턴에도 눈치 보듯 떠듬떠듬 박수 소리가 시작된다. 좀처럼 '브라보'는 터지지 않는다. 나 역시 그런 관중 중 한 사람이니 비난하거나 비하할 생각은 전혀 없다.

다만 우리가 쉽게 환호하지 못하고, 박수를 보내지 못하는 이유는 이들과 달리 문화 예술을 접하고 누릴 기회가 삶에서 좀처럼 드물기 때문이 아닐까 하는 마음에 괜히 씁쓸해진다. 우리나라 사람들은 홍이 많고, 미적 감각이 뛰어난 민족 아닌가? 우리의 일상에서 다양한 공연과 예술을 접할 기회가 좀 더 많아진다면, 이곳에서 터지는 '브라보'만큼이나 발레 공연과 그 문화가 풍성해질 텐데 말이다.

낯선 나라에서 이름도 모르는 관객들과 뒤섞여 박수를 보내고, 들뜬 마음으로 숙소로 돌아오는 길. 여행에서 발레를 보는 것도, 발레 쇼핑을 하는 것도, 발레 클래스를 듣는 일도 즐겁지만, 타국의 견고하고도 풍부한 문화 환경이 새삼 부러워진다. 취미의 영역에서 발레를 배우고, 공연을 관람하고, 나아가 건강한 예술 문화를 정착시키는 것, 이를 통해 발레라는 생태계가 튼튼하게 성장하는 일. 취미 발레인이자 발레 애호가로서 더욱 간절해지는 소원이다.

모두가 자하로바가 아니라서
다행이다

　　발레를 배우면서 발레 공연을 보러 다니는 일이 연례행사
가 되었다. 국립 발레단의 정기 공연, 유니버설 발레단의 전막
공연, 해외 무용수의 내한 공연 등 발레 공연을 찾아다니는 일
만으로도 1년이 훌쩍 지나간다. 발레를 배우기 전에도 공연을
본 적이 있다. 하지만 발레를 본격적으로 배우기 시작한 이후
부터는 발레 공연의 감동이 좀 더 입체적으로 느껴지기 시작
했다. 이전에는 동작의 아름다움만 보였다면, 이제는 동작 너
머로 쌓아 왔을 시간과 노력의 무게를 체감하게 된 것이다. 마

치 이전까지는 책 표지만 보고 감탄했다면, 비로소 표지를 들추어 문장을 읽기 시작한 기분이었다.

2018년 11월 4일. 들뜬 마음으로 이순신 장군이 든든하게 지키고 있는 광화문 일대로 향했다. 세종문화회관에서 유니버설 발레단의 〈라 바야데르〉(La bayadére, 1877년 초연) 공연이 있는 날이었기 때문이다. 타고난 체형과 유연성, 동작의 정확성과 아름다움까지 갖춘 세계적인 발레리나 '스베틀라나 자하로바(Svehana Zakharova)'가 주역을 맡은 공연이었다. 국제적인 발레 스타가 좀처럼 찾지 않는 한국에서 자하로바가 고전 발레 대작인 〈라 바야데르〉의 '니키아' 역을 맡아 춤을 춘다는 소식에 그야말로 발레 애호가들은 들뜨지 않을 수 없었다.

오페라의 프리 마돈나처럼 미래의 프리마 발레리나를 꿈꾸는 어린이 관객부터 한눈에 보아도 분명 발레를 업으로 삼고 있을 것으로 보이는 사람들 등 모두가 기대에 찬 모습으로 객석을 메우고 있었다. 동행 없이 홀로 공연장을 찾은 나는 짐과 코트를 맡겨 놓고 프로그램북을 읽고 또 읽었다. 〈라 바야데르〉는 다소 낯선 작품이었다. 〈백조의 호수〉나 〈호두까기 인형〉은 발레를 모르는 대중들도 공연의 분위기를 알 수 있을 만큼 유명한 작품이지만, 〈라 바야데르〉는 상대적으로

덜 알려진 작품이다. 취미 발레를 시작하지 않았더라면 몰랐을 이 작품은, 러시아의 위대한 안무가 마리우스 프티파가 만든 고전 발레 중 하나로 신비롭고도 이국적인 분위기의 공연이다.

발레는 대사가 없고 오로지 몸과 춤으로만 서사를 이끌고 나가기 때문에 대부분 플롯이 단순하다. 〈라 바야데르〉의 줄거리는 이러하다. 신전의 무희 '니키아'와 제국의 전사 '솔로르'는 서로 사랑하는 사이이다. 하지만 솔로르는 왕의 명령에 따라 무희를 배신하고 공주 '감자티'와 결혼하게 된다. 남자 하나 때문에 목숨을 버리는 니키아의 순진하고도 무모한 결정으로, 극은 파국을 향해 치닫는다. 비혼도 라이프 스타일의 하나로 인정받는 현대 사회의 관점에서는 〈사랑과 전쟁〉에 나올 법한 막장 드라마 극에 가까운 이야기지만, 1877년 초연한 작품이니 사랑 때문에 목숨을 내던지는 니키아도, 우유부단한 솔로르도 이해해 보도록 하자. 당시 유럽에 유행처럼 번졌던 오리엔탈리즘이 춤과 무대, 의상 곳곳에 배어 있는 〈라 바야데르〉는 세 명의 주인공 외에도 망령들의 춤과 같은 아름다운 군무와 화려한 무대 예술, 독특한 마임이 돋보이는 작품이다.

두근거리는 마음으로 자리에 앉았다. 어느덧 오케스트라

의 조율 소리가 들리기 시작하고 곧이어 커튼이 올랐다. 모두가 숨죽이고 있는 와중에 니키아로 분한 자하로바가 베일로 머리를 가리고 등장했다. '우와' 소리는 내지 못했지만 탄식할 수밖에 없었던 것은 바로 그녀의 발등 때문이었다. 온몸을 베일로 가렸지만 발등 하나만으로 그녀의 존재를 확연히 증명한 셈이다. 포물선을 그리듯 둥그렇게 떨어지는 그녀의 발등은 그야말로 발레리나들이 꿈꾸는 바나나 모양의 발등이었다. 아메리칸 발레 시어터의 대표적인 발레리나였던 젤시 커클랜드(Gelsey Kirkland)는 아름다운 발등을 위해 발등에 보형물을 집어넣는 수술까지 했다고 한다. 이처럼 세기의 발레리나들도 하나쯤은 부족하거나 아쉬운 부분이 있기 마련인데, 스베틀라나 자하로바는 모든 신체 조건이 발레를 하기 위해 태어난 것처럼 보인다.

큰 키에 길고 곧게 뻗은 팔다리와 유려하게 넘어가는 등, 시원하게 뻗은 다리는 귀 옆에 붙어 있고, 완벽한 턴 아웃은 말할 것도 없었다. 그녀의 몸 자체가 '발레'이고, 무대 위에 서 있는 모습만으로도 감동을 불러일으켰다. 태생적으로 타고난 신체적 조건뿐만 아니라, 발레 알파고가 아닐까 싶을 정도로 실수라고는 찾아보기 힘든 완벽에 가까운 공연으로 이미 관객들

저마다의 개성이
이토록 엄격하고 가혹한 예술의 세계를
더욱더 깊고 풍부하게 만들어 준다.

의 마음은 감동으로 번지고 있었다.

난도 높은 동작으로 구성된 솔로 무대에서도 한 치의 흔들림 없는 춤으로 관객들의 탄성을 자아냈다. 그녀의 춤은 마흔을 넘긴 나이가 무색할 만큼 안정적이었다. 물리적으로 신체의 전성기는 지났을지 몰라도 세월에 따라 깊어진 표현력과 감정 연기로 더욱 매혹적인 발레리나가 되어 있었다. 〈라 바야데르〉 2막에서 니키아가 사랑하는 솔로르로부터 배신당한 슬픔을 표현하는데, 아라베스크 점프와 백깜블레 등 고난도 동작이 섞인 우아하고 아름다움 춤으로 구성되어 있다. 현악기로 연주되는 서글픈 곡조에 따라 움직이는 자하로바의 춤을 보고 있자니 절로 눈물이 났다.

발레를 하다 보면 선천적인 요소가 미치는 영향이 꽤 크다는 사실을 인정할 수밖에 없다. 아무래도 장르적 특성상 '몸' 자체가 예술적인 아름다움과 감동을 담아내는 도구가 되기 때문일 것이다. 그런 점에서 취미로 발레를 배우는 나뿐만 아니라, 발레리나를 꿈꾸는 많은 이들에게 자하로바는 부러움과 동경의 대상이다. 유연성, 근력, 신체 비율, 발등까지 발레가 요구하는 엄격한 요소들을 고루 갖추고 있기 때문이다.

하지만 동경의 대상이 비교의 대상이 될 때, 마음에 흘러

들어오는 것은 안타깝게도 자괴감이다. 우리 모두가 자하로바일 수는 없지 않은가? 모든 사람이 자하로바처럼 턴 아웃이 잘 되고, 세월이 흘러도 굳지 않는 유연한 등을 가졌고, 빚어 만든 듯한 타고난 발등을 가졌다면. 모든 사람이 자하로바처럼 발레를 할 수 있다면 그 누가 발레에 아름다움과 매력을 느낄 수 있을까?

자하로바가 아름다운 이유는 우리 모두가 자하로바가 아니기 때문이다. 김태희가 아름다운 이유는 우리 모두가 김태희가 아니기 때문이라는 말이랑 다를 바 없다고? 물론 다소 억지 주장처럼 들릴 이야기라는 것은 안다. 하지만 모두가 자하로바처럼 발레를 탁월하게 잘한다면, 과연 발레가 사람들에게 특별할 수 있을까 싶은 것이다.

발레 클래스에서 관찰해 보면 사람들 모두 몸이 다르고, 저마다의 개성이 있다. 가만 보면 아름답지 않은 몸은 없다. 어떤 사람은 움직임의 선이 유려하고, 누군가는 턴 아웃을 잘하고, 또 다른 이는 근육의 질이 좋아 동작이 안정적인가 하면, 점프를 잘 뛰는 사람도 있고, 크게 애쓰지 않아도 유연한 이도 있다. 발레가 아무리 정형화된 아름다움을 추구한다 해도 눈을 크게 뜨고 지켜보면 개인의 아름다움과 장점은 제각각 다르게 발현된다. 저마다의 개성이 이토록 엄격하고 가혹한 예술의 세계를 더욱더 깊고 풍부하게 만들어 준다.

발레는 사람들이 쉽게 따라 할 수 없는 고도의 정교한 테크닉이 필요한 예술이다. 그런 까닭에 기교 높은 동작을 잘 구사하는 것을 최고로 여기는 사람들이 있을 수 있다. 하지만 뛰어난 테크닉만이 사람의 마음을 울리는 것은 아니다. 무대에 오른 사람들의 진심 어린 마음과 춤, 연기, 음악 등 공연을 구성하는 모든 것들이 함께 작품을 만들어 가기 때문이다.

그렇다면 내가 가지지 못한 한 가지에 집착하고 미련을 두기보다는 발레가 주는 즐거움에 온전히 몰입하고 즐기는 것, 내가 가진 개성을 더욱 풍부하게 만드는 것이 발레를 오래도록 즐길 수 있는 방법이 아닐까. 자하로바의 사인이 담긴 프로그램북을 고이 껴안고 부산으로 돌아오는 길, 그녀의 발등을 상상하며 발끝을 쭉 뻗어 본다.

보이지 않는 곳에
아름다움이 숨어 있다

발레 수업 중에 가장 힘든 순간을 꼽으라고 한다면, 1박 2일 동안 고민해야 할 만큼 수많은 어려운 점이 있지만, 그중에서도 특히 괴로운 것은 음악이 끝나도 '3초 더' 유지하는 것이다. 음악이 끝나는 순간, 겨우 붙들고 있던 호흡과 근육을(그리고 정신줄까지) 훅 풀어놓고 싶지만, 선생님께서는 늘 차분한 목소리로 '3초간 더 유지합니다.'라고 외치신다. 이미 힘을 다 쓴 것 같아도, 마른 걸레 쥐어짜듯 겨우 3초를 더 버텨 본다. 더이상 버틸 수 없노라 온 근육이 부들부들 떨린다. 표정 관리는 이미 포기했다.

발레 동작이 끝나고 나서 호흡을 '헉헉' 내뱉거나, 바로 몸에 힘을 풀어 버린다면 앞에서 열심히 움직여 만든 동작이 아무것도 아닌 게 되어 버린다. 그래도 저질 체력을 대표하는 나에게 3초는 너무 잔인한 시간이다. 도저히 버틸 수 없을 땐, 선생님의 외침에도 불구하고 음악이 끝나자마자 매트에 널브러졌음을 고백하는 바다. 하지만 음악이 끝나도 3초 더 버티는 힘을 기르는 것, 이런 세심한 노력이야말로 동작의 완성도를 높여 주는 비결이다.

아무도 눈치채지 못할 작은 '디테일'에 대한 치열한 노력이 발레를 보다 발레답게 만든다. 발레의 아름다움은 보이지 않는 곳에 숨어 있다. 명품은 밖에서 보이지 않는 안감까지 꼼꼼하고 반듯하게 재봉 되어 있는 것처럼, 발레 역시 사람들의 시선이 쉬이 닿지 않는 곳까지 신경 써야 비로소 동작이 아름다워진다. 다리를 번쩍 들어 올리는 데벨로페나 아라베스크 등의 동작은 움직이는 다리(working leg)보다 지지하는 다리(supporting leg)에 훨씬 더 많은 에너지를 집중해야 한다. 피루엣과 같은 턴 동작에서도 현란하게 움직이는 다리보다 회전축을 담당하는 다리가 훨씬 중요하다.

발레가 생각보다 훨씬 더 힘든 까닭은 바로 이 때문이다. 남들은 미처 모를 세밀한 부분인 발끝부터 손끝, 일상에서는 잘 사용하지 않는 속근육, 그리고 시선과 표정까지, 어느 것 하나 놓쳐서는 안 된다. 근육을 세밀하게 분절해서 움직일 수 있어야 하며, 작은 근육까지 완벽하게 사용할 수 있어야 한다. 대충의 움직임으로는 흉내조차 낼 수 없는 발레가 새삼 가혹하게 느껴진다. 짐작건대 전문 무용수라 할지라도 스스로 100% 만족하는 춤을 추기는 쉽지 않을 것 같다. 작은 부분까지 엄격한 완벽성을 추구하는 장르기 때문이다.

이처럼 섬세한 집중력을 요구하는 발레 특유의 분위기 때문인지, 발레 클래스에 들어서면 평소 느긋하기 짝이 없는 나조차도 스스로에게 채찍질을 가한다. 조금이나마 동작을 더 아름답게 만들기 위해, 손끝과 발끝을 1mm 더 뻗고, 허벅지를 0.1도라도 더 돌려 보고, 무릎을 조금 더 펴 보고, 어깨는 조금이라도 내려 본다. 음악과 음악 사이, 모든 걸 내려놓듯 몸을 중력에 떠맡기지 않고 1초, 2초, 3초 더 버텨 본다. 세밀한 노력이 촘촘하게 모여 동작을 완성할 것을 꿈꾸며.

어쩌면 우리가 하는 일도 마찬가지 아닐까 생각해 본다. 회사 워크숍을 준비하는 동안, 동료 P대리는 직원들이 이동하는 버스 안에서 먹을 수 있도록 간식을 개별 단위로 포장하고 준비했다. 이전에는 누구도 신경 쓰지 않았고, 아무도 요구하지 않은 일이었다. 다음 날 버스에 탄 회사 동료들은 어떻게 이런 것까지 준비했냐며 의자마다 놓인 간식 봉투를 보고 감탄했다. 사람의 마음을 감동시키는 것은 의외로 작은 디테일에 있는 게 아닐까? 겉으로 쉽게 드러나 보이지 않아도 작고 세밀한 노력이 계속되면, 무대 위 발레리나처럼 언젠가는 사람들의 마음을 움직인다.

눈길이 잘 닿지 않는 곳까지 아름다워야 하는 건 우리가 살아가는 사회도 마찬가지라는 생각이 든다. 누구도 자세히 들여다보지 않는 영역까지도 촘촘하게 안전망이 설계된 사회야말로 건강한 사회일 것이다. 사회적 약자와 소수자가 당당하게 권리를 행사하고 그들의 존엄이 훼손되지 않는 사회, 말이 없는 자연과 동물이 보호받는 사회, 대기업만이 아니라 소상공인도 공생하는 사회, 우리가 꿈꾸는 그런 사회 말이다. 뭇 사람들의 관심이 쉽게 미치지 않는 곳을 돌아보는 노력이 한 땀 한 땀 수놓아질 때 품격 있는 사회가 만들어질 것이다. 발레도, 일상도, 세상도 보이지 않는 곳에 아름다움이 숨어 있다.

당신의 발레를
찾는 일

우리나라에는 '남들'이라는 말이 들어간 표현이 많다.

'남들만큼만', '남부럽지 않게', '남들 못지않게' 살자.

다른 나라 언어에도 이런 표현이 흔하게 사용될까? 우리나라는 유독 삶과 행동의 기준을 '남들'과 비교하는 경향이 크다. 나는 이런 이야기를 들을 때면 도대체 남이 누구인지 궁금하다. 남이 어떻게 살길래 왜 나의 삶을 남들 기준에 맞춰야할까.

이쯤 되면 내 괴로움의 상당 부분은 정체불명의 남들로부터 비롯되는 것 같다는 생각이 들기도 한다. 사회는 내가 바라는 것, 나의 욕망, 나의 관심이 아니라 타인의 욕망을 강요한다. 라캉이 말한 것처럼 타인의 욕망을 욕망함으로써 자본주의 시스템의 수동적 일원이 되게 하려는 것 아닌가 하는 음모론적인 생각도 불쑥 튀어나온다. 타인의 욕망이 내 것인 양 열심히 쫓아왔건만 마음의 여백은 좀처럼 채워지지 않는다. 나만의 방식대로 행복해지기 위한 방법이 필요한 시점이다.

무라카미 하루키는 "이 혼란스러운 세상에서 살아남기 위해서는 작고 소중한 행복이 필요하다"고 말했다. '소확행' 현상에 대해 더 큰 행복을 꿈꾸지 못하게 하고 작은 것에 안위하는 행위로 바라보는 비판적인 시각이 있기도 하지만, 자신을 행복하게 만드는 것을 스스로 생각해 보는 일, 일상을 자잘한 행복으로 수놓는 일은 충분히 의미 있다고 생각한다.

행복이라 해서 거창한 것을 꿈꾸지 않는다. 그건 되려 내 마음의 여유를 빼앗고 조급함만 남기니까. 나의 작고 소중한 행복 중 하나는 발레를 하는 것이다. 순간을 100%로 살아갈 수 있게, 높은 밀도로 집중하게 하는 이 시간이 내겐 더 없이 소중하다. 발레를 마치고 집으로 돌아가는 길에 있는 라일락 나무는 내 마음을 벅차게 한다. 하루의 끝에 발레가 있고, 라

일락 향기가 있다. 이것만으로도 꽉 찬 행복 아닌가?

　나는 발레를 함으로써 세상이 말하는 행복의 기준에, 타인의 말에 쉽사리 전염되지 않는, 나만의 작고 확실한 행복을 일상에 심는다. 누군가에게 그 일은 작은 식물을 키우는 일일 수도 있고, 나만의 그림을 그리는 것일 수도 있고, 운동장을 꾸준히 달리는 것일 수 있다. 도덕적으로 누군가를 해하는 일이 아니라면 그게 무엇인지는 크게 중요하지 않다. 중요한 건 내가 무엇을 원하는지를 아는 것이다. 삶의 방향과 행복의 기준을 주체적으로 결정하지 않고, 사회가 요구하는 대로 수동적으로 받아들이는 것만큼 행복을 위태롭게 만드는 일도 없을 것이다.

　'자신의 내면에 행복을 갖고 있지 못한 자는 불쌍하도다!'

　'남들의 호감을 사기를 바라는 자는 불쌍하도다!'

　니코스 카잔자키스가 쓴 《그리스인 조르바》(문학과지성사, 2018)에서 주인공이 읽고 있던 책 속 고승이 페이지를 뚫고 내게 소리친다. 타인에게 내 삶의 행복을 맡기는 것은 그만큼 손쉽게 행복을 빼앗기는 일이다. 타인의 인정은 언제든 거둬들일 수 있고, 다른 사람들의 기준은 언제든 변할 수 있기 때문이다. 남들만큼 살지 않으면, 남들처럼 살지 않으면, 남부럽지 않게 살지 않으면 불행한 삶일까? 왜 나의 행복을 남이 규정하는 걸까? 내 삶의 드라마를 써 내려 가는 사람은 나 자신인데 말이다.

결국은 나를 사랑하고 내 삶을 아끼는 태도, 나를 존중하고 스스로에게 다정해지는 것이 이 혼란스러운 세상에서 내 식대로 행복해지는 방법이 아닐까. 내가 발레를 하는 이유는 이것으로 수렴된다. 나 스스로를 아끼고 사랑해주기 위해서.

나는 얼굴도 모르는 남들의 이야기보다는, 차라리 니체의 조언을 택하고 싶다.

'인생을 쉽게, 그리고 안락하게 보내고 싶은가? 그렇다면 무리 짓지 않고서는 한시도 견디지 못하는 사람들 속에 섞여 있으면 된다. 언제나 군중과 함께 있으면서 끝내 자신이라는 존재를 잊고 살아가면 된다.'

에필로그

　발레를 시작할 때 은근히 기대한 것이 있습니다. 발레가 저의 숨은 키를 찾아줄지도 모른다는 가능성 말입니다. 인터넷에 성인 발레를 검색하다보면 발레 덕분에 키가 컸다는 간증과도 같은 글을 종종 발견했기 때문이죠. 키가 160cm가 채 되지 않는 저는 1cm라도 더 클 수 있기를 내심 바라고 있었습니다.

　발레를 배운지 4년차가 된 얼마 전, 보건소에 들러 키를 재어보니 기대에 미치지는 못했지만 0.8cm가 자라있었습니다. 발레를 통해 실제로 키가 클 수 있다는 것은 사실이었습니다. 다만 저처럼 서른이 넘은 나이에 신체가 성장할 리는 만무하니, 늘어난 0.8cm는 아마도 그간 거북이처럼 빠져나와 있던 목과 굽어 있던 등, 어깨가 퍼진 덕분일 것입니다.

집으로 돌아오는 길에 스스로에게 물어보았습니다. '키는 1cm 채 크지 못했지만, 발레를 배우는 동안 나의 세계는 한 뼘 더 커졌을까?' 다른 건 몰라도 발레를 배우면서 적어도 아름다움을 바라보는 새로운 시야가 열린 것은 분명합니다. 발레를 통해 바라본 아름다움은, 쉽게 포기하지 않겠다는 굳건한 의지 안에 있습니다. 발레를 배우기 전에는 잘 다듬어진 무용수의 몸과 경이로운 동작에서 감동을 받았지만, 직접 발레를 배우게 된 이후부터는 종종 수업 시간 옆에서 함께 춤을 추는 사람들에게서 아름다움을 발견합니다. 이마에서 뚝뚝 떨어지는 땀, 속으로 삼키다 터지듯 흘러나오는 고통의 탄성, 음악이 끝나갈 무렵이면 덜덜 떨리는 몸을 어떻게든 통제해보려 앙 다문 표정은 발레를 배우지 않았더라면 발견하지 못했을 또 다른 차원의 아름다움입니다.

발레가 저에게 선물처럼 안겨준 것이 하나 더 있습니다. 바로 주위 사람들에 대한 감사한 마음입니다. 발레는 자신과 사투를 통해 한계를 극복해가는 예술이기도 하지만 혼자서는 출 수 없는 춤입니다. 무대를 함께 만들어가는 군무진과 파트너 없이는 완성되지 않지요. 발레를 배우는 동안 내 곁에 있는 사람들이 인생의 무대를 함께 만들어 가는 사람들임을 상기하게 되었습니다. 발레의 테크닉만이 아니라 삶의 태도를 알려주신 발레 선생님, 힘든 동작을 함께 버티며 무언의 응원을 주고받는 클래스 사람들, 늦은 밤 발레 학원을 들렀다 올 때면 마중 나오는 가족, 나의 글을 읽고 응원해주는 소중한 친구들까지. 돌아보면 혼자서는 발레라는 취미를 계속 이어가기는 힘들었을 것입니다.

어엿한 취미 발레인 4년차이지만 여전히 턴 아웃과 풀업으로 고통스럽기는 마찬가지며, 스스로 만족할 만큼 동작을 수행하는 순간은 거의 없습니다. 수업마다 얼굴이 잔뜩 상기된 채로 몸 여기저기 지적받는 것 역시 처음 발레를 배울 때와 마찬가지입니다. '무릎 펴세요.', '어깨 내리세요.', '배에 힘주세요.', '얼굴 표정 펴세요.'로 이어지는 선생님의 외침 속에 어쩌다 "그거예요, 좋아요."라는 한마디를 듣게 되면 그것만으로 기분이 좋아집니다. 수업 시간 내내 흘리는 땀에 대한 보상과 위로를 받는 기분이지요.

가끔은 나 스스로에게 "좋아, 그거야." 라고 말하고 싶어질 때가 있습니다. 이렇게 사는 게 맞는 건지, 잘 살고 있는 건지, 내 선택이 옳은 것인지, 누구도 답해줄 수 없는 질문이 떠오를 때마다 나는 이 한마디가 그리웠던 것인지도 모르겠네요. 인생에는 정답이 없기 때문에, 아마도 이런 막막한 감정은 누구에게나 찾아올 수 있을 것이라 생각합니다. 이 책은 발레를 배우면서 느꼈던 개인적인 감정과 생각의 기록입니다. 하지만 내가 발레로부터 받았던 위로처럼, 이 글이 누군가의 일상에 "그거예요, 좋아요."로 읽힐 수 있는 응원의 메시지가 되었으면 좋겠습니다.

발레가 내 삶도
한 뼘 키워줄까요?

2019 .08. -